# 夢《む》想《そう》人《じん》

越村光
Koshimura Hikaru

MPミヤオビパブリッシング

目次

# 序章

地上の生けるものが、炎熱で溶け出すのでないかと思われるほど暑い日が続いている。太陽は沸騰しかけた牛乳の被膜のようにくぐもり、その姿を見せないことで悪意さえ抱いているようだった。

ルポライターとしての外の仕事から戻った私は、東京の渋谷駅に近い雑居ビルの小さな部屋から窓の外を見つめていた。

隣りのレコード店からは昔懐かしいビートルズの「イエスタデー」が、暑さで狂わんばかりの音をたてて流れてくる。彼女に理由も告げられず家を出て行かれたことで、生まれて初めて人生というものが信じられなくなったという歌だ。

交差点に目を向けると、おびただしい数の人々が行き交っている。

目の淵に長い付けまつげをし、くま取りをしたパンダのような女の子や、インディアンやアフリカの原住民のようなかっこうの女の子が通る。皺だらけのシャツをはみ出させ、ダブダブのよれたズボンを穿いた男の子もいる。

よく世間ではそうした彼らの服装に眉をひそめる向きもあるが、彼らには皆、大なり小なり穴があいているのだ。彼らはその穴を埋め、少しでも自らのアイデンティティを確保したいのだ。

そうした目で若者の姿を見ながら、私は否応なしに佐伯宙丸のことを思い出していた。彼こそは自らの内部に巨大な穴を抱え、それを塞ごうともがき続けた男だったからだ。

二年前のある冬の日、私は思いもかけず、彼から航空便の小包を受け取った。住所の記載はなかった。彼はかつて私の二歳下の友人で、もう何年も前に、突然私の前から姿を消していたのだった。

消印を見ると、はるか中国東北部のハルビンから発信されていた。包みをほどくのももどかしい思いで中を開けると、分厚い書類とともに、ペラペラの中国製の便箋にメモが記されていた。

——自分は今、極寒の異国に在って、病を患っている。余命はいくばくもないと思うが、途中までしか書けなかった未完成の手記とかつての日記の一部を君に預けたい。一読して欲しい。自分のことを少しでも理解できる人間は君だと思うからだ。自分の居所は捜さないで欲しい……

病気のせいか、文字が変動の少ない株価グラフのように小刻みに震えていた。

かつて彼とは広告代理店の営業の仕事をしていたことがあった。彼は世間ずれをしているところもなく、真面目一筋という感じで、子どもっぽい純真ささえ感じさせる男だった。お世辞にも営業に向いているとはいえなかった。その後、私がルポライターに転じてからは、年に二回ほど彼から思い出したように電話がかかってきて、互いに酒を汲み交わす程度の付き合いだった。酒を飲むと、彼はいつも私が取材で得た話に静かに耳を傾けていることが多かった。

彼が姿を消す少し前だった。やはり久しぶりに彼と会って、一緒に飲んだ時、突然、彼は、私の書いたものを一度見せて欲しいと言い出した。私は意外に思いながらも、彼のその申し出を快く受け入れ、後にそれらを彼に見せた。その時彼は、人が変わったように鋭い目で、ここはこう直した方がよいとか、この構成にはもう一工夫がいるなどと、珍しく積極的な意見を吐いたので私は戸惑いを覚えたものだった。

だが、その時を除いては、彼は胸に何か大きな秘めた考えを持っているのか、いつもどこか人間や人間社会を遠くから眺める傾きがあることに私は早くから気づいていた。彼のそうした姿勢がどういう視点から、どういう体験からきているのか、いつも私は気になってもいた。とはいえ、それほど親しくもなかった私に、遠い中国のハルビンからこうした手紙をくれたのをみると、彼はよほど追いつめられた心境になっているのではないか、そう私は想像した。

数日後、欠落部分の多いその手記と日記を丹念に読み終えた私は、少なからぬ衝撃を覚えていた。それは文章の上手下手によるものではなかった。それらを超えた、自分の内部の巨大な穴を埋めようとする奇怪な執念にも似たものが行間から私に迫ってきたからだった。それは私にまとわりつき、執拗に絡みついて、いつまでも私から離れようとしなかった。彼との付き合いの中でかつて感じたことのなかった、異常に粘着的なものを私はそこに感じ取っていた。それらを何度も読み返すうちに、いつしか私は、欠落の多いその未完成な手記を、彼の日記をもとに、一つのわかりやすい物語に完成させたい衝動に突き動かされていた。それを公表することは、おそらく彼の意志に沿わないにしても、彼の孤独な想念とそれがもたらした悲惨な結末を、私以外の人間にも知ってもらいたい気持ちを抑えることができなかったのだ。

その時からだった。

私はまるで熱病に取り憑かれたように、昼も夜もその作業に没頭し、ようやく一つの物語にまとめたのだった。

# 第一章

## 一

その日は今日と同じようにとてつもなく暑い日で、全く皮膚の一枚も剥いてしまいたいほどの暑さだったと彼、佐伯宙丸は記している。気温は四十度近くに達し、しかも無風に近かった。

その日、彼は、午後二時に、これまで放置してきた、店のスナックの所得の申告をするよう地元の税務署から呼び出しを受けていた。

「佐伯さん、申告だけはよろしくお願いします。わからないことがあったら、いつでも何なりとご相談ください」

税務署では内心彼が恐れていたような叱責は何もなかった。彼は妙に親切な、キツネ目をした職員の言うがままに、店のスナックの所得申告を無事済ませた。申告が遅れたのは、自分の怠惰のなせるわざだ、赤字続きだとしてももう少しきちんとしなければ、との自責の念を抱いて彼は署を出た。

外に出た途端、いきなりムワッとした不快な熱気が、彼の顔面にまとわりついた。彼は気力を奮い起こし、徒歩で二十分はかかる駅に向かって再び歩き始めた。

「何という暑さだ。蒸し焼きにされそうだ！」

ほどなく宙丸の口から呻《うめ》き声が突いて出た。コンクリートで固められた道路から強烈に発散する炎熱にまともに照り返され、歩こうとする彼の気力は、穴のあいた風船のように急速に萎えた。学生時代にデモに明け暮れていたためか、足腰だけは自信のあった彼だった。だが、今では、日頃から店の部屋に閉じこもってばかりいるせいで、身体も気持ちも完全になまっていることは明らかだった。

その日の午前中もそうだった。

その日も朝から彼は、ビルの六階の七坪ほどのスナックの部屋に閉じこもり、天井からのライトにあぶり出された紫煙をひたすら眺め続けていた。紫煙はもともと彼の喉からゆらゆらと吐き出されたものだったが、彼の目線を超えると全く動きを止め、凝縮した一つの固形物のようにそのまま空中に滞留した。

「おおっ」

宙丸は思わず驚きの声を上げた。そして、自分の息を吹きかけないように、そっと顔を近づけてその紫煙を凝視した。

紫煙は、ダン、安芸田《あきた》、酒井などと書きなぐられ、毎夜、蘭やミチ、モモなど店の女の子を目当てに押しかけてくる常連たちのボトルの上方に浮かんでいた。じっと身を固くしたその紫煙の姿は微動だにせず、まるで宙吊りになった人形のように動かない。紫煙がそうした形になるのは初めてのことだった。

その形から、宙丸は、処女のような生硬さという、今ではほとんど陳腐となった、かなり飛躍した観念を思い浮べた。仄暗い光に浸されたその形から、彼はさらに裸のマネキン人形をも想像した。

紫煙の姿形は、いつも実にさまざまだった。ある時は、夏の大空にポッと置いた綿雲のようでもあり、涼やかな秋の鰯雲に見えることもあった。また、ごく細い紐のように変形し、天井からの銀色のライトに照らし出された時などは、光沢を帯びた絹糸にも見えた。さらにその糸が異様に長く縮れた時などは、小説に登場した、死体の髪を抜き取る忌まわしい老婆の白髪をも彼は想像した。

――何とも妙な形だ。

その紫煙を凝視しながら、彼は部屋の灯りをさらに弱めに調整した。外部の騒音も二重扉を閉め切れば全くといっていいほど遮断できる。カウンターの後の小窓からわずかに入る隙間風以外は部屋の奥のクーラーの弱い風さえも届かず、ほとんど空気の流れは感じられない。ビルの六階の外界と隔絶された暗闇にも近いその部屋で、宙丸は、些末《さまつ》な日常から解放され、五年もの間、一日のうちの何時間かを一人でそこで過ごすようになっていたのだった。

何かとくに具体的なことを考えていたわけではなかった。無だとか自由だとか、ただただ現実から遊離した観念を思い浮かべながら、自分が吐き出す紫煙を飽くことなく眺めていた。それによって、虚脱とも倦怠ともつかぬ感覚が身体と心の隅々にまで浸透してくるのを感じ取っていたのだった。

そこには、現実から隔離された彼だけの束の間の安息の世界があった。

東京の北のはずれの街に、宙丸がそのスナックを開いたのは五年ほど前のことだった。大学で学生運動を体験し、やっとの思いで卒業したものの、気に入った仕事など見つかるはずもなく、何年間かはフリーターのような状態で食いつないだ。その後、ようやく就いた医師の団体での堅実な仕事も、十年ほど勤めた後、後先を考えることもなく辞めてしまった。医師の黒衣という仕事。毎年決まり切ったスケジュールと永遠に停止することのない時計の振り子にも似た生活。それらにすっかり嫌気がさしてしまったのだった。その後、畑違いの営業の仕事を転々としたものの、大して成績も上がらず、いずれも長続きはしない。そしてついに転職を重ねるのにも疲れ飽き、思い迷った挙句、現実から逃げ込むように始めたのがそのスナック商売だった。

彼が開いたその店は、駅から歩いて三分ほどの飲み屋街のソシアルビルの中にあった。ずぶの素人で始めたスナック商売だったが、意外にも店はかなり繁盛した。スカウトした大柄で気っ風のいいママさんが、客を笑わせずにはおかない巧みなトークで、前の店の客の他に、多くの新規の客をまるで磁石のように吸い寄せてくれたからだった。店はいつも客であふれ、笑い声が絶えなかった。

だが、意外なことに家賃とカラオケリース料、それに人件費と仕入れ代などを差し引くと毎月店は決まって赤マークがついた。女の子も三人雇ったが、色気だけで商売する店と違って、固定経費が高いわりには客単価が低すぎたのだった。とくに二年ほど前に、経費を減らすために、当のママさんの給料を十五%もカットしたことで彼女に店を辞められてからは、客足がかなり落ちていた。店は緩慢な赤字軌道を歩んでいた。とはいえ、彼はそれにとくに対処しようとするわけでもなかった。彼の現実感覚は、まるで古い靴底のようにひどく磨耗していたからだった。

そのすり減った現実感覚が、今日の暑さをいくらか緩和したかといえば全くそうではなかった。

「もう無理だ。どこか休む所を見つけなければ……」

宙丸の口から、再び苦しげな呻き声が突いて出た。彼は、焼けついたフライパンのようなコンクリートの道路で立ち止まった。もはや暑さに耐え切れず、めまいすら覚えた彼は、幾分涼しげだが、遠回りになる公園にフラフラと踏み入った。だが、滝のように流れ出す汗は、一向におさまらない。一帯からは何百ともつかぬ煮えつくようなアブラ蝉の大合唱が、耳を衝いてくる。彼は思わず、舌打ちした。一瞬でも長く生に執着しようとする未練がましい蝉の啼き声と、こうしたとてつもなく暑い日に、身体中汗まみれになって地上の片隅でよろめいている自分の姿におぞましさを覚えたのだった。

暑さで気持ちが完全に惑乱させられた宙丸には、もはやありふれた公園の光景などは目に入らなかった。この暑さから一刻も早く逃れようと、彼は前のめりの姿勢でしゃにむに歩を早め、公園を抜け、駅に通ずる大通りに出た。熱に浮かされながら、彼は、左右に目を凝らし、休む所を探し求めた。ようやく駅の近くの交差点の角にレストランを見つけると、蜂が蜜を求めるように、そこに飛び込んだ。

光沢を失った焦げたような茶色の木材がふんだんに使われた、昔ながらのかなり広いレストランだった。

昼時からはずれていたせいか、十五卓のテーブルのうち十卓は空いていた。宙丸は息を切らせながら、入ってすぐ右側のゴムの木の横のレジに近いテーブルの椅子に倒れ込んだ。そして顔面から流れる汗を拭い取りながら、すぐに店の女の子を手招きした。

「生ビール。それと枝豆ね」

アイスコーヒーもいいが、こんな暑い時はビールの方がかえって涼しくなれると思ったのだ。

注文した中ジョッキのビールが届くと、彼はそれを奪い取るように手にし、一気に飲み乾した。よく冷えたビールが彼の喉を瞬時に通過し、胃の腑に届いたかどうかもわからないうちに、彼は身体中の熱が嘘のように引いていくのを感じた。

「全くとんでもない暑さだ」

そうつぶやくと、枝豆を口に放り込み、すぐに二杯目のビールを注文した。それを半分ほど喉に流し込み、ふうっと息を吐いた時、彼はようやく人心地がついた思いがした。

一息つくと、改めて、宙丸は、午前中に店で見た紫煙の奇妙な動きが気になりだした。

――実に奇妙な動きだった。

それは、裸のマネキン人形のような紫煙が、小窓から忍び入った微細な空気によって突如としてバランスを崩し、その身を左右に震わせ、天井に昇っていく光景だった。その身の震わせ方は、まるで昇っていくことを嫌がっているようにも勇んでいるようにも見えた。これまで見たことのない動きだった。そしてその時も彼は、その紫煙の動きに合わせ、この現実から上へ上へと離脱していくような解放感を味わっていたのだった。

店では、確かにいつも宙丸は、そのような一時的な安息を見出すことができた。だが、その安息は、何か得体の知れない大きな黒々とした魔物にいつも背中を押されるような不安と裏腹のものであることに彼は最近気づき始めていた。

――自分はこの仕事を始めて、果たして本当に良かったのか?

紫煙を見やりながら、彼は、天井にほど近い壁に向かってそう自問していた。タバコの脂で汚れたその壁には、いつもヤモリのようにへばりついている、豆粒ほどの蜘蛛のコジローがいるはずだった。何を食べて生きているのか、彼が勝手に名付けたコジローはやはりそこにいた。

「コジロー、おまえはどう思う?」

壁に向かって小さく声をかけたが、もとより蜘蛛が返事をするはずもない。コジローに代わって、その時彼の頭がかすかに横に振れていた。

この数年の間に、自分が例えようもないほど怠惰になり、無気力になっていくのを彼は自覚していた。とくに最近は、行動することがひどく億劫になり、店の近くの彼の二DKのマンションの部屋も、もう何ヵ月も掃除らしい掃除をされたことがなく、ゴミや汚れ物であふれ返り、化物部屋のような相を呈していた。ガン細胞のように彼の身体と心をむしばみ、増殖を続けていくその虚ろな気分は、遠心力のように彼を現実の世界から遠ざけ、かつては多少とも存在したそれとの接点をすっかり失わせていたのだった。

そうした自分への不安の思いを断ち切るように、宙丸は再びビールをあおり、遠くから匂いを嗅ぐ動物のようにレストランの客をそっと見回した。

彼以外の男三人の客は、一見して営業マンとわかる風采だった。皆、この暑さにはほとほと参っている様子で、すぐ近くの五十歳ぐらいに見える男はじっと目をつむり、腕組みをしたまま微動だにしない。もう一人の三十代らしき男は、皺くちゃになったスポーツ紙を手に取ったり、テーブルに置いたりする動作をせわしげに繰り返していた。さらに彼からかなり離れた三人目の男は、横向きの位置にいて顔はよく見えないが、上体を椅子にのけぞらせたかっこうで天井に向かってポッカリと口を開けて眠っていた。その口の周りに蝿がぐるぐる回っていても不思議ではない光景だった。

他の二人は女性客で、一人は中年をとうに過ぎた、保険の外交員のような、とてつもなく肥満した唇の厚い女性だった。椅子からどうしてもはみだしてしまう自分の肉とも脂肪ともつかぬ塊のバランスを取ろうとして絶えず身体を捻ったり、左右に動かしたりして落ち着きがない。見ただけでその身体から暑苦しさが伝わってきそうだった。

最後に宙丸は、店の一番奥にいるもう一人の女性客に目を移した。彼を背にして座っているため、顔は見えないが、髪を短めにカットし、黄色のブラウスとスカートを身につけていた。わりとまともな感じで、何かしきりに書き物をしていた。

客はたったそれだけで、彼は顔を歪めた。店全体に、まるで真昼の動物園のような何ともしどけない空気が蔓延していて、先ほどまでの店での自分の姿を重ね合わせたからだった。

改めて彼は、一番奥の黄色のブラウスとスカートの女性に目をやった。髪をショート気味にしたその女性の後姿を、彼は、ふと、かつて見たような気がしてきたからだった。首から肩にかけての線がすっきりした女性で、その線の流れにもおぼろげな記憶があった。

――ひょっとすると……

女性の名前が浮かんだ。

――典子……

自分の身体からアルコールが抜け、胸が急に動悸づくのを感じた。だが、彼女であることをどうやって確かめるのか？　その女性の近くに行って顔をのぞき込むほどの勇気はないし、さりとていつ席を立つかもわからないのを待つほどの忍耐力も持ち合わせていない。

――どうすべきか？

ほどなく、レストランのよどんだ空気を引き裂くように、宙丸の足元から、客の神経を逆撫でするけたたましい音が上がった。

手にしていた水の入ったグラスを、彼は他の客や店の店員に気づかれないように床に投げ落としたのだ。店の客たちは音がした彼のテーブルに一斉に不快な顔を向けた。ひどく慌てた様子を装い、彼は椅子から跳ね降りた。グラスのかけらを拾いながら、彼は典子ではないかと思われるその女性の顔を遠くから注意深くうかがった。

彼女の顔が彼の視界に入ったその時、彼はグラスのかけらを拾うのも忘れ、呆然となってその顔を見つめていた。それはまぎれもなく彼女、つまり萩野典子だった。

少しためらった後、グラスのかけらをそのままに、宙丸は意を決して彼女のテーブルに向かってゆっくりと歩き出した。自分の身体を後に残して、足がひとりでに彼女に向かってふわふわと宙を行くような気がした。彼女の手前までくると、金縛りにあったように身動きが取れなくなり、彼は身体中に震えを覚えた。

誰かの足音が近づき、自分の後ろで止まったのに気がついたのだろう。彼に向って横向きに顔を上げた彼女は、目を大きく見開き、わずかに口を開けて彼を仰ぎ見た。

「宙丸さん？」

彼女はひと声、そう発し、彼もただうなずいただけだった。それでも彼女と顔を合わせたそのわずかな時間は、彼にとっては二十年以上の空白を一気に埋める貴重な時間になった。

一目で聡明さを感じさせる広い額と人を仰ぎ見るように光る、大きな瞳。

それらは昔と少しも変わってはいなかった。

宙丸は、割れたグラスの処理を店の女の子に頼み、彼女のテーブルに急いで席を移していた。

二

広い窓の上方から差し込んでくる強い日差しが、典子の顔をまともに照らしていた。日差しに彩られたその唇を、妙に赤く感じながら、彼女はやはり以前と全く変わっていないという気持ちを宙丸は改めて抱いた。

「あれからもう二十年以上にもなるんですね。本当に信じられない思いです。でもお元気でなによりです」

彼はあえて微笑を浮かべ、ゆっくりした調子でそう言った。だが、彼女との過去の不本意ないきさつを思い起こし、緊張のため自分の顔が少しこわばっているのを感じた。彼女の目をまともに見ることを避け、彼女の首に掛けられた銀色のネックレスと、小さな丸いイヤリングに視線を向けていた。

「ええ、宙丸さんもお元気でなによりだわ」

新しく注文したアイスコーヒーに口をつけることもせず、典子は伏し目がちにそう答えた。その幾分ぎこちない動作は、彼らの空白が長かったことを示していたが、彼よりもむしろ典子の方が硬くなっている様子だった。

「郷里には時々帰られるんですか?」

典子のその様子を見て、少し間を置いてから宙丸は郷里の話に話題を向けた。二人の間の緊張を少しでもほぐそうと思ったのだ。

「ええ、二年に一度くらいは帰るようにしています。両親はとうに亡くなり、血はつながっていないけれど、ずっと親代わりになってくれた兄がいるの」

二人は、豪雪で知られたN県の同郷だった。同郷とはいうものの彼の家は山間部の小さな村にあり、彼女の家はそこから車で下って一時間足らずの日本海に面した町にあった。

「大雪さえ降らなければ本当にいい所なんですけど……　こちらにいてもテレビで吹雪の様子を見たりすると、向こうの生活の厳しさを感じて、無性に悲しい気持ちになるの」

彼女のその気持ちは、彼にも痛いほどわかった。その言葉で彼は、幼い頃の光景を思い起こした。

黒い布のマントでまるで蓑虫のように身を包んだ吹雪の朝。

顔に風や雪があたらないようにひたすら下を向き、皆で一列になって遠い村の小学校に通った光景。

当時は、子どもも大人も皆、貧しい中で生きるのに一途だったと彼は思った。

毎年、絶えることがなかった雪。家々や人の心を押し潰すようにかぶさる雪。その重たさと暗さ。雪と、あの冬の裏日本特有の陰鬱な鉛色の空。それらは彼に暗い力を与え、彼に現実への忌避的で否定的な感覚を植えつけたに違いなかった。

宙丸が典子と最初に出会ったのは、T高校二年の時で、彼女は彼より学年が一年上だった。

T高校は県下でも有数の進学校で、授業の内容は悪くなかったが、何のためにそれぞれの科目の勉強が大切なのか、どこが興味深かったかを自分の体験を踏まえて生徒に語りかけ、生徒の勉学意欲を掻き立ててくれる教師は皆無に近かった。東京の有名大学出の秀才が多かった教師たちは、サラリーマンとして淡々と自分の授業をこなし、知識の切り売りをするだけで、そうした熱意や体験を持ち合わせていないようだった。しかも、そこには地方の小都市のいわゆる伝統校にありがちな狭隘な名門意識がどっしりと根を下ろし、停止した時間が全体を覆っていた。

振り返ってみれば、自分は、もともとそうした保守的な時間に耐え得ない性格だったのだ、そう彼は思った。

宙丸は次第にそうした雰囲気を厭い、学校の勉強に興味を失っていった。そして、いつしか下宿の自分の部屋で、自分の好きな本を好き勝手に読み散らしながら、青春の漠とした不安ともつかぬ世界に身を漂わせるようになっていった。人間の生きる意味はどこにあるのか、一体、人間はどうしたら自由に生きられるのか。何のために人間は生まれてきたのか、などと。

高校二年の夏休みが始まろうとする時期だった。東京の大学から帰省した先輩の呼びかけで、社会問題に関心をもつ者だけを対象に、隣県の野尻湖で一泊の合宿が企画された。東京では当時ベトナム反戦運動が高揚し、いくつかの大学では学園紛争が巻き起こっていた。その影響は次第に地方の高校にも波及し、T高校の生徒の間でも政治や社会問題への関心が否応なしに高まった。彼も次第に無関心ではいられなくなった。途方もなく豊かで科学技術の発達したアメリカが、まるで紙の上のインクのしみにも似た貧しいアジアの小国に、弱い者いじめでもするようにすさまじい質と量の爆弾を落としていたからだった。彼は、それに強い違和感を掻き立てられ、正義感を呼びさまされた。そしてそうした戦争に公然と反対の意志表示ができる都会の自由な学園生活に、まぶしいほどの憧れを覚えていったのだった。

その企画は、セミナーハウスに泊り、皆で日頃考えていることを自由に話し合うというだけのものだったが、その時、彼の教室に勧誘にきたのが典子だった。

「佐伯さん、ぜひ参加してね。他の人もあなたの参加を楽しみにしているわ」

会ったのは初めてだった。背はさほど高くはないものの、まるで子鹿のように引き締まった敏捷そうなその身体と、キラキラ光るまなざしに一目で彼は典子に好感を抱いた。彼は、その誘いに喜んで応じた。それが彼と典子の付き合いの始まりだった。

出会いから彼女が東京の大学に行ってしまうまでのわずか半年の間だったが、彼女はベトナム戦争などの社会問題や生徒会活動の基本的なことや洗濯の際に入れる洗剤の量など、日常生活のこまごましたことまで、一人で下宿していた不器用な彼に教えてくれた。

そして、そうした付き合いによって、自分も大学に入ったら学生運動に参加し、少しでも社会進歩に貢献したいという願望が、急速に彼に芽生えていったのだった。

その時期、宙丸の典子への気持ちの中には、男としての感情がないわけではなかった。だが、そうした感情を内に含みながらも、彼の気持ちはそれとはいつも何か少し違っていた。というのは、その時も、またそれ以降も、典子はいつも彼をまるで自分の弟のように扱ったせいか、彼女への感情は常に女に対してというよりも、姉のような女性という気持ちの方に傾きがちだった。内在する男としての感情は、彼の生来の観念的な性格もあってか、その外に出て大きくはばたくことはなかった。

――そうした彼女への対し方は今もまだ自分の心の片隅に巣食っている……

そう彼は感じていた。

「宙丸さん、今、ご家庭は？」

過去の思いに浸っていた彼に典子が尋ねた。

彼は、年上の女性と一度結婚したが、自分のわがままで六年前に離婚し、子どももいないことを話した。

「そう、それじゃあ、独身貴族ってわけね」

独身だからといって貴族とは限らない。月並みな言葉を吐いて典子もどうかしてる、と彼は思ったが、彼女の口調には昔の明るい調子が戻ってきたようだった。彼も大分気が軽くなり、彼女と互いのことを時々笑い合いながら、少しずつ話した。彼女はどういうわけか結婚もせず、今は横浜の私立高校で英語の教師をしていて、今日はその用事でこの近くの高校に来たとのことだった。彼も多少バツの悪い思いでこれまで転職を重ねてきたことを正直に話し、今はいつ潰れてもおかしくないスナックをやっていることを口にした。

典子の表情は、一転して日が翳《かげ》ったようになった。

「宙丸さんって、何でも一生懸命やる人だと思っていたんだけど……」

批判めいた彼女の口調に、宙丸は一瞬言葉につまった。確かにかつての自分は、現実に否定的な姿勢をもちながらも、一旦心に決めると、いつも前に向かってしゃにむに挑戦する人間だった。それが今や、毎日、現実離れした観念を思い浮かべ、薄暗いスナックの中でタバコの煙ばかりを眺めている。典子はそうした自分の精神状態を敏感に感じ取り、なぜそうした状態になったのかを考えているに違いない。彼女は昔から勘のいい女性だった。どうしてそう思わないことがあるだろう。

そう思った彼は、弁解気味に、日頃感じていることをつい口にした。

「最近僕は、仕事をすごく恐いものに感じてしまうんですね」

「何かしら? その恐いって」

「仕事そのものが、何か自分を偏狭なものにするような気がして、恐い気がしてしまうんです。その仕事がおもしろいものであればあるほどそうなってしまうんです」

典子はいぶかし気な表情をした。その健全さが彼を少し苛立たせた。

「仕事をするってことは、自分をいわば三畳一間の小さな部屋に閉じ込めるようなものだと思ってしまうんです。自分をそこに無理にでも押し込め、自分を順応させなければならないわけでしょう。そうすると人間は次第に凝り固まり、それ以外のものはどうしても見えなくなってしまいます。仕事がおもしろくなり、熱中するようになればますますそうなるでしょう。熱中というのは熱狂に通じますよね。熱狂とは心のバランスを失ってしまうことなんです。恐くはないですか？」

「……」

彼女の沈黙で、彼はそれ以上の言葉を飲み込んだ。

何を言っても、結局、自分の怠惰な心の正当化になってしまうと感じたからだった。

彼は、自分のその言葉で学生時代に目にした悲惨な児童労働の写真を思い起こした。それは資本主義の勃興期のイギリスかドイツでの話だった。五～六歳にもなるかならない子どもが全く日の差し込まない地中深い炭坑で、満足な食事も与えられず、一度も太陽の光を浴びることもなく、来る日も来る日も苛酷な坑内労働を強いられた。そのため、十数年の後、その子が大人の年齢になっても十歳位の身長にも届かず、顔は老人のように皺だらけで、おまけに佝僂病にかかっていた。その写真をまのあたりにした時、彼は思わずのけぞり、文字通り身の毛がよだつような衝撃を覚えたのだった。

それは、人間とはここまで自分の利益のために残酷になれるものなのかと思う以上に、人間は、生きるためには、どんな悲惨な境遇にも適応し、自分を奇形化してしまうことへの空恐ろしさからきたものだった。

そうした極端な体制のもとでなくても、仕事そのものが部分的なものから抜け出せない以上、人間を肉体的にも精神的にも変形させ、偏狭にさせると彼は思っていた。

仕事に熱中し、脇目もふらない人間。彼らは自分の仕事に熱中することで、人工的に作り上げられた一つの部署に自らを埋め込み、面倒な人間関係に自らを適うように飼育していき、その色、その臭い、その音を身につけていく。その中で、次第に彼らは溶けた蝋燭《ろうそく》の蝋のように縮こまり、タコ壷の中で固まっていく。そう彼は思い、そういう人間を目にすると、何か変に臭ってくるものをいつも感じてしまうのだった。

そうした忌避的で否定的な感覚が、自分を学生運動に向かわせ、今も堅実な仕事から遠ざけているのだと思った時、典子がさらに尋ねてきた。

「今やってるスナックの仕事はどうなの？　あまり楽しくないの？」

彼は幾分投げやり気味に答えた。

「まあ、サラリーマンの時と違って、飽きるということはあまりないんです。客の顔ぶれは毎日変わるし、客と話をしたり、酔っ払いの生態を観察していたりすると多少の気分転換にもなります。でもそれにしたところで、かすかな喜びでしかないんです。ほとんど趣味のような気持ちでやっているから、まだ救われているんですね」

身も蓋もないような彼の返答だったが、典子はそれでも少し安心したようにうなずき、初めてアイスコーヒーの入ったグラスに口をつけた。

「宙丸さんは今も運動の方は続けているの？」

突然、典子は話題を変えてきた。

「いえ、ずっと前にやめています。典子さんは？」

「私もやめているわ」

そう言って、彼女は、少し顔を下に向けた。そのことに負い目を感じているようにも見えた。

典子が東京の名門女子大に入り、彼女と別れてから一年後に彼も東京の大学に進んだが、大学もまた、高校とは違った意味でマンネリズムの巣窟だった。

何百人もの学生を、芋を洗うザルのように収容できるマスプロ教室。いつも最低二十分は遅刻し、教える意欲をもたない教授たち。中には二十年も前の黄色くなったノートを使ってオウムのように同じことをまくし立て、イエロー教授と揶揄される者。出席カードに自分の名前を記入することしか関心をもたなくなった学生たち。

こうしたマスプロ化や沈滞や無気力などが奇妙に入り混じった雰囲気と、他方でのベトナム戦争の泥沼化の中で、学生たちは自分たちの存在がバラバラにされ、押し潰されていくような疎外感を感じていた。そして、そこからの脱出と、自分という存在とは何なのかという、答えもない止むに止まれぬ自問自答が、次々と学生運動に身を投じさせていった。紛争の数は、全国百以上の大学に及び、日本だけでなく、アメリカ、フランス、西ドイツやイタリアなど先進国共通の現象だった。高校で反戦思想に触れ、生徒会の活動を行ってきた彼も、当然のことのようにその流れに加わった。

だが、その数年後に、そうした運動から彼は離れた。おそらく典子もそうだったのだろう、と彼は思った。

不意に、少し前に公園で聞いたおびただしいアブラ蝉の声が、宙丸に甦った。それらの蝉たちが、あの公園を占拠し、それを自らの管轄に置き、その支配を誇っていたかのように思えてきたのだった。そしてあの煮えたぎるような叫びに、彼は二十年以上も前に湧き起こった母校のW大学やN大学など全国の学園での天を衝くような喧騒と、学生による大学への反乱、さらにはその後の不可思議な静寂を重ね合わせた。

脳天に突き刺さり、狂ったように鳴り響く甲高い笛の音。絶叫としかいいようのないシュプレヒコールとアジ演説。うなりをあげるジグザグデモ。怒濤のような雄叫びと突進、そして衝突。

その時のノコギリの歯のようなささくれだった感覚を、宙丸の身体はまだ忘れてはいないはずだった。

——あの闘争は学生同士が激しく対立し、自分たちの観念を絶対化しようとする運動でもあった。

そう彼は思ったが、その運動の天王山ともいえるあの東大闘争の中で、彼は自分の命をも奪われかねない危機的な状況に置かれたことがあった。そしてその時、偶然とはいえ、典子に救い出されたのだった。彼は、ずっと以前から、いつの日か彼女に会えたなら、それへの感謝の気持ちを改めて伝えなければならないと思っていた。ようやく二十年以上の歳月を経て、今日のこのとてつもない暑さが偶然その機会を与えてくれたのだと思った。

これまで典子の顔を照らしていた日差しはようやく弱まり、テーブルの上にかぼそげにグラスの長い影ができていた。

　宙丸は典子を見据え、心もち姿勢を正して口を開いた。

「典子さん、あなたには昔から本当に迷惑ばかりかけてきました。また大学に行ってからは命まで救っていただいて……今、こうして何とか僕が元気でいられるのもあなたのお陰だと思っています。いつかあなたにその気持ちをしっかり伝えなければと思っていたのですが、機会がなくて……本当にありがとう。ありがとう」

　まるで小学生のようにそう言い終わると、椅子に座ったまま、彼は典子に頭を下げた。あまりうまくは言えなかったものの、長い間の自分の胸のつかえが少し下りたような気持ちになった。彼女は、一瞬、戸惑いの表情を見せたが、すぐに彼の言った意味を理解したようだった。だが、そのことを彼は、意外にも彼女の目が涙で滲み、次第に玉の粒となって両方の目からあふれ出たことで知ったのだった。

　彼女は堰を切ったように口を開いた。

「宙丸さん、あなたは私に感謝する必要なんて何もないわ。今まで話を聞いてきて、私はあなたに本当に悪いことをしたと思ったの。だってそうよね。あなたはもっと違う人生を生きることができたはずなのに、高校の時、私みたいなのがそばにくっついていたせいで全く違った方向に進んでしまったんですもの。こんなことを言うのは、私の自惚れかも知れないけど、でもそうよね。私の責任なのよ。私はあなたの話を聞きながら、ずっとそう思ってた。ごめんなさい。本当にごめんなさい」

彼女の意外な言葉に、彼は愕然となった。そして、涙とともに彼女の口から息もつかずに言葉がほとばしるのを、自分の言葉で押しとどめようとした。

「典子さん、それは違います。あなたは何か考え違いをしています。僕は自分で自分の道を決めてきたし、全く後悔などしていないのですから」

彼女の影響を受けたにしても、全て自分の判断でやってきたという自負が、彼にもまだ残っていた。

だが、夢中でそう言ってしまってから、宙丸は、自分の声の高さに気づき、慌ててレストランの中を見回した。例の客たちは、皆、何が起ったのかという表情で彼らのテーブルにうさん臭げな視線を送っていた。彼は狼狽し、彼女を何とか落ち着かせようとさらに言葉をかけようとした。

だが、彼女はそれを押し潰すような言い方で遮ったのだった。

「いいえ、そうじゃないわ。あなたは私にいつも何でもありのままに話してくれるけど、学生時代のあの時のことで、私にはあなたにまだ話してないことがあるのよ。そんな私にはあなたに感謝される資格などないわ。ごめんなさい。本当にごめんなさい」

彼女のその言葉に、彼の呼吸が一瞬止まった。前にも増して意外なことを聞いた思いだった。

彼女は激しくしゃくり上げながら、ひたすら謝りの言葉を繰り返すばかりだった。顔面は蒼白となり、おびただしい涙が膝の上で石のように固く握られた彼女の拳を濡らし続けていた。

「典子さん、どうしたんですか？　本当にどうしたんですか？」

宙丸は想像もできなかった事の成り行きにうろたえ、何度も彼女に呼びかけた。だが、彼女の世界は、彼とは別の闇の世界となって、もはや彼に何の関与も許さないようだった。そしてついには、土砂降りの雨に打たれるように、なすすべを失い、宙丸は彼女の涙を、ただ呆然と眺めていることしかできなくなっていた。

# 第二章

## 一

北の漁場はヨ～　男の～
♪
死に場所サ～　♪

高く張り上がった演歌の歌声とシャンシャンシャンというマラカスの音が、ぼんぼりを灯したように仄暗い部屋一杯に響きわたっていた。

典子と再会してから数日経ったその夜の客は、常連のダンさんや安芸田さんたちの六人だけで、いつものように店の女の子の蘭やミチやモモを相手にカラオケに興じていた。

その夜も宙丸は、典子と再会した日、彼女が激しく泣いた理由を考え続けていた。彼女は自分にまだ話してないことがあると言い、自分自身をひどく責めていたが、一体、かつて彼女に何があったのか？「あの時」だと言っていたが、「あの時」とはいつのことなのか？彼は、彼女の泣いた理由を高校時代に彼女と初めて会った時から何度も辿ったが、まるで見当がつかなかった。

突然、カウンターでズスンという鈍い音がした。内側の丸イスでワイシャツの両腕をたくし上げ、ネクタイを胸に突っ込み、エプロンを結んでエビのように身体を折り曲げていた宙丸は、驚いて顔を上げた。

リスに似た中国人の蘭が笑いを噛み殺し、彼を見下ろしていた。

「マスター、アイスよ」

蘭は、空のアイス入れを指さしていた。

「は～い、わかったよ。やあ、すまん、すまん」

慌てて彼は、後ろの小型製氷機の把手を右手で引き、アイス入れを左手でつかんだ。そして急いで氷をすくうと、笑いながら蘭に手渡した。

「は～い、アイス、てんこ盛りだよ」

てんこ盛りの意味がわかったのかどうか、蘭は、はにかむように笑って常連のダンさんと三木さんの席に持っていった。

額の広い、目が澄んだ子だった。笑うと目尻に少し皺が入り、それがいかにも親しげな感じになって、客にも好感をもたれていた。

「蘭ちゃん、最近中国語がうまくなったね。どこで勉強したの？」

中国人好きの三木さんが、氷を運んできた蘭に軽い冗談を飛ばした。彼はある財団の理事で、紳士然とした人だったが、自らをアソビニンと称し、一晩で何軒もの店をはしごして騒ぐのが何より好きな人だった。

「……それでな、蘭ちゃん、なんで中国の政府の人間が上から下まで賄賂にまみれているかといえば、それは彼らをチェックする体制ができていないからなんだよ。つまり独裁体制がそうさせているんだ。違うかい？　そうだろう？　蘭ちゃん」

「そうよね。私もそう思います」

蘭は、ダンさんと少し前からカラオケの相手をしながら自分の国の話をしていたのだった。蘭にとってはどんなにいびつな国であっても、自分の生まれた国のことだから、いやな話題のはずだったが、彼女はいつもまともに受け答えしていた。

宙丸はこれまで店で何人もの中国人を使うことで、彼らとは感覚の波長が合わないと体験的に感じていたが、蘭は少し違っていた。東京のR大の実習生として来日して二年にしかならないものの、中国の工業大学で高等教育を受けたせいもあってか、彼女は日本人の考え方もかなり理解できた。日本人のように細かいところまで気が行き届き、自分の考えとは異なる他人の話に耳を傾ける能力も持ち合わせていた。今では、少し店を空ける時など、店を任せるほど彼は彼女を信頼していた。

「お～い、マスター、こっちにきて、みんなで一緒に飲もうぜ」

蘭との話が一段落したのか、スキンヘッドのダンさんのダミ声がボックス席から飛んできた。「は～い、ただ今」と返事をしたものの、典子のことを考え続けていた宙丸は気が重かった。

「マスター、別に来なくてもいいぞ～」

食品会社に勤める酒井さんが彼に向かって叫んだ。月給の大半を飲み代に注ぎ込んでしまう酒井さんのお目当ては、店の看板娘の日本人のミチだった。ミチとの間を邪魔されたくないと思ったに違いなかった。

よく見ると彼はミチの母性本能でもくすぐるつもりなのか、ウイスキーの水割りをわざとストローでチュー、チューと音をたてすすりながら、しきりにエントロピーの理論らしきものの説明をしていた。だが、ミチには何のことかまるで理解できず、いつも黄色い声で笑い転げている面長のその美顔も、眉が顔の真ん中で接触しそうになるほど苦痛で歪んでいた。

「マスター、アタリメ一つ、お願いね」

突然、ミチは酒井さんの前から立ち上がり、モデルのように左右に腰を振りながら、カウンターの前にやってきて勝手にそう注文した。彼の話などにとても付き合っていられないといった表情で、口を尖らせていた。

ミチのつれない態度を見て、急遽、酒井さんは方針を転換し、エントロピーの話を中断した。そして、あたりをはばかることなく、戻ってきたミチにいきなり大声でいつものくどき文句を浴びせ始めた。

「ねえ、ミッちゃん、セロリアホテルでやらせて」

セロリアホテルとは、店のすぐ近くにあるラブホテルだった。酔っ払うと酒井さんは、気に入った女の子に、男の欲望をストレートに表現したその言葉をあたりかまわず連発する悪癖があった。

最初、その言葉を聞いた時、宙丸は自分の聞き間違いではないかと耳を疑った。当然、他の客からも、幾分嫉妬の入り交じった強いひんしゅくを酒井さんは買った。

だが、店でそれが頻繁に繰り返されるうちに、いつのまにか常連客や女の子にすっかり免疫らしきものがついてしまい、今では誰もが多少顔をしかめたり、苦笑する程度になっていた。現に、今もミチは酒井さんのその誘いに、「今度、今度ね」と軽く受け流しているだけだった。しかも、その言葉を耳にした新規の客などは、この店ではこんなに自由に女の子にものが言えるのかと妙に感心する者も出てくる始末だった。

彼らだけではなかった。これまで生真面目一辺倒の生活を送っていたために、この仕事を始めた時、いきなり酒池肉林の世界に放り込まれたように感じた当の宙丸自身にも、次第に免疫がつき、めったなことでは驚かなくなっていた。

「マスター、何してるんだ。早くこいよ〜」

宙丸がやってこないことに業を煮やしてか、ダンさんの苛立った声が、再び飛んできた。

「は〜い、ただ今」

そば屋の出前よろしく、前と全く同じ返事だった。

「マスター、俺にウインナーくれるかい」

かつて彼と同じように、学生運動を経験した安芸田さんがアタリメに触発されて連鎖反応的に注文した。彼はいつものように、お金がなくて自分では飲みにこれない二人の男を、子分のように従えていた。彼らは店で一番若いお多福顔の二十歳のモモに、ポルノ雑誌を見せつけながら猥談をしていた。

「キャー、エッチ！」

突然、モモの悲鳴が上がった。宙丸は「またか」と小さくため息をついた。彼らがミニスカートからはちきれそうに突き出ているモモの太腿に絶えず手を伸ばしていることは、彼女の訴えで宙丸は知っていた。だが、そのうち慣れるからとも言えず、手をこまねいているしかなかったのだ。

ダンさんたちはお互いをよく知る店の常連で、この店をまるで桃源郷のように思い込んでいる節があり、いつも好き放題に騒いでは店の品位を下げていたのだった。

ゆで上がったウインナーをモモに手渡すと、宙丸はのろのろとカウンターの下のくぐり戸を抜けた。

悪い予感がしていた。ダンさんが彼を呼ぶのは、女の子だけの前では恥ずかしくてやれない芸を披露する時だったからだ。

ダンさんは、宙丸の緩慢な動作からすぐに何かを嗅ぎ取ったらしく、突然目をつり上げた。

「マスター、何か最近、前と違って、何となく全てのことに上の空のような感じがするな。誰かいい女でもできたんか？」

皆の視線が、一斉に宙丸に集まった。

「いえ、そんなこともないですが……」

そうは言ったものの、典子との再会の後、宙丸は彼女と絶えず電話で話をするようになっていた。互いの生活情報の交換程度の話だったが、彼女はいつも彼の日常生活を根掘り葉掘り聞き出そうとした。彼が自分のマンションの部屋を何ヵ月にもわたって掃除もせず、テレビや新聞すらろくに見ていないのを知ると、再会時とは別人のように明るく声を上げておかしがり、しきりに部屋の掃除をするよう促した。

宙丸は、そんな典子とのわずかな付き合いが、多少、自分を今までとは違ったものに変えていて、それをダンさんが敏感に感じ取ったに違いないと思った。

「マスター！」

ダンさんは宙丸の顔を正面から見据え、さらに語気を強めた。目が据わり、かなり酔いが回っている様子だった。

「いつも言うようだけど、女なんてやらせてくれんかったら価値はないもんや。どんないい女に見えても何の価値もないもんや。いい女とはやらせてくれる女のことをいうんやで。それが正しいものの見方なんやで」

ダンさんの持論だった。あまりにも即物的な考えだと、彼はダンさんのその考えにいつも閉口しながらも、なぜか妙な説得力をも感じていたのだった。

「おおっ、ダンさん、相変わらずいいこと言うね。さすがに勉強を全くしないでも大学を卒業した天才は違うな」

酒井さんが皮肉を込めてそう言ったが、全く根拠のないことではなかった。

ダンさんこと、塙《はなわ》団一は、宙丸よりも二〜三歳年上で、関西の名も知れぬ私立大学に入ることは入ったものの、ほとんど授業に出ず、毎晩大酒を飲み、単位が取れない。これではとうてい卒業できないと、教授に頼んでレポートで了解してもらったものの、自分で書く気にはなれない。そこで十個以上もあるそのレポートを、小学校の校長をしていた父親にことごとく書いてもらい、めでたく四年で卒業したという逸話の持ち主だった。今は鎧の販売という変わった商売をしていたが、自分で店を構えているわけでもなく、ほとんど収入がない。そのために父親の年金から毎月何十万もの仕送りをしてもらうという、信じられないような寄生生活をしていた。

　ダンさんは、酒井さんの言葉をフンと鼻であしらった上で、再び宙丸に向かってきた。

「マスターのように真面目に学生運動やサラリーマンをやった堅い人間には、俺が今言ったことはなかなか理解できんことと思うがな。大体、学生運動なんかやる奴は、女にモテない奴がやるものなんだ。モテないもんだからそんなことで自分を誇示したがるんだ。まあ、いいわ。今、俺が男の見本を見せたるから」

　そう言って、すばやくTシャツを脱いだ。

　宙丸は、いよいよダンさんの芸が始まると覚悟した。

「やるときは何といってもバックやな。ほら、蘭ちゃん、よおく見てみい。こうしてやるんよ」

　案の定、彼は、さらにズボンを脱ぎ、パンツ一枚の姿でソファーの上で四つんばいになった。女の子たちの「キャー」という悲鳴が上がり、三木さんが「いよ〜、待ってました〜」と歓声を上げた。この世界では知る人ぞ知る、バックとバカをもじった「バッカード」という芸をするつもりらしかった。

　皆の視線を一身に浴び、四つんばいになったダンさんの身体が激しく前後に動き始めた。

だが、その時だった。入口のドアがすうっと開いて、百八十センチほども身長のある痩せて背の高い影山さんが、外人女性を連れて入ってきた。時計を見ると、午前一時を回っていた。

これまで湧き立っていた部屋の雰囲気は、一度に凍りついた。影山さんはダンさんの裸に近い姿と室内のどことなくおかしな雰囲気に何かを感じ取ったのか、窪んだ目に不審そうな色を漂わせて突っ立っていた。

ダンさんは、大慌てでズボンとTシャツを身にまとった。

「二時で終わりですが、いいですか？」

「三十分ぐらいで出ますから」

彼は、さびの効いた声で答えた。

「チョットカラオケウタウダ～ケヨ。ハアイ～」

今度は、連れの女性が、陽気な声を上げた。

語尾が上ずった変な日本語で、宙丸は思わず笑いを噛み殺したが、正式な日本語学校に通っていないことがすぐにわかった。彫りの深いエキゾチックの顔立ちからすると、おそらくはスペイン系フィリピン人で、影山さんとほぼ同じほど背が高かった。二人はカウンターの右側からはちょうど死角にあたる、台形状の部屋の底辺の端の席に座った。

宙丸は急いでカウンターのくぐり戸を押して中に戻り、すぐにダンさんと三木さんに付いていた蘭を呼び寄せた。彼女にオシボリを持たせ、ビールと、フィリピン人と思われる女性が食べられるかどうかもわからない胡瓜なますのお通しを運ばせた。

いきなり、フィリピン女性がマイクを手にし、英語で歌い始めた。彼女たちがよく歌う歌で声もいい。おそらく、歌手かダンサーの名目で日本に来たのだ、と宙丸は思った。中国人は留学生の名目で、フィリピン人は歌手かダンサーの名目で日本に出稼ぎに来るのが多いことを、彼はこの商売を通じて知っていた。彼らは海を越えて、日本や韓国をはじめ、生活の糧を求めて世界中どこにでも渡っていくようだった。

「マスター、あの背の高い色男は初めての客かい？」

フィリピン女性の英語の歌ですっかり雰囲気を壊され、おまけに自分の演技の機会と蘭を奪われたダンさんが、カウンターにやってきて、怒気を含んだ声でそう尋ねた。

「いえ、女の人は初めてですが、男の人は一人でこれまで三回ほど来ていますよ。影山さんというんですが、名前のようにいつも静かにビールを飲んでいくだけです」

ダンさんは急に声をひそめた。

「ああいう客は、俺の勘だが、少し気をつけた方がいいな。あまりまともじゃない気がするんだ。マスター、いつもボーとした様子だが、もっと客に目を光らせるんだ。わかったかい？」

宙丸が一応うなずくと、ダンさんはそれで満足したのか、そこでおあいそになった。

時間が時間なので、宙丸が三人の女の子を帰すと、ダンさんに続いて、すぐに酒井さんと三木さんもつられておあいそとなった。

皆が帰るのを見て、安芸田さんが深刻な表情でカウンターに寄ってきた。

「マスター、ちょっと聞いて欲しいんだが、俺、最近、十年以上も続けてきた印刷会社を放り出そうと思ってるんだ。税金ばかり取られ、どうにも採算が取れないんだ」

宙丸が安芸田さんと親しくなったきっかけは、ある晩、この店で安芸田さんが「ワルシャワ労働歌」を歌い始めた時だった。他に客がいなかったため、彼も思わず一緒に口ずさむと、安芸田さんは腰を抜かさんばかりに驚き、「マスター、この歌、知ってんのか」と聞き返してきた。お互いに学生運動の経験があり、あの東大闘争にも参加し、宙丸が彼のバリケード派とは対立関係にあった改善派だったことを知ると、安芸田さんは一瞬顔色を変えた。だが、「まあいいや、昨日の敵は今日の友」と言って、すぐに打ち解けてきたのだった。

宙丸は、今でも、破壊と暴力の限りを尽くし、今もって一片の謝罪の言葉すらないバリケード派には心を許していなかったが、彼に対してだけは別だった。安芸田さんには無性に人の良いところがあったからで、それ以来、彼とは時々一緒に酒を飲みながら昔の運動の話をしていた。その安芸田さんが、印刷会社の経営をやめたいと考えていることに驚いたものの、何とも言いようもなく、ただ「あまり短気を起こさない方がいいと思いますが……」と一言口にしただけだった。

それを耳にした安芸田さんは急に肩を落とし、考え込んだ様子で子分のような二人と店を出ていった。

店の客は、影山さんとフィリピン女性の二人だけになり、彼女の甲高い歌声だけが、急に客が減り、閑散とした部屋に虚ろに響きわたっていた。彼女が歌い終わると、影山さんがマイクを手にした。彼が歌うのを聞くのは初めてだったが、学生時代に流行った『いちご白書』をもう一度」だった。

哀愁を誘うそのメロディを、宙丸もまた口の中でボソボソと口ずさんだ。それを口ずさんでいるうちに、いつしか、宙丸の脳裏に、あの東大闘争の光景が、昨日のことのようにはっきりと甦ってきた。

「われわれは～今日の～大学と～いうものが～まさに～日米支配階級の～支配の～道具としての～機能しか～果たし得なく～なっていることを～しっかりと～見て取らなくては～」

# 二

東大本郷の銀杏並木が黄色い葉を構内にくまなく散らし、それを北風が吹き上げていた、二十年以上も前の一九六八年十一月末のことだった。遠く離れた安田講堂のスピーカーから、構内全体に響きわたるバリケード派の悲壮感に満ちたアジ演説が、いつ果てるともなく続いていた。

その日も宙丸は、だだっ広い階段教室で、W大学の仲間二百人あまりと疲労でボロ切れのようになった身体をひきずり、寒さに耐えながら敵の来襲に備えていた。

当時、彼は、W大学からの支援部隊の一員として、二ヵ月ほど前からそこに足を踏み入れていた。案内がなければ迷子になってしまいそうな、その広大な敷地。ヨーロッパ中世の城をも連想させるくすんだ赤煉瓦や灰色の建物。そうした雰囲気に驚かされたものの、彼はそこに人を威圧するような古い権威主義的な空気をも嗅ぎ取り、闘争の発端となった背景を思いやった。

一月の医学部の登録医制に反対する無期限ストと、事実の誤認に基づいた学生十七人への処分に端を発した東大闘争は、文字通り燎原の火のように広がり、収拾がつきそうもない様相を見せていた。

東大を権力の象徴と見て、全学バリケード封鎖と東大解体を叫ぶバリケード派と、その企てを阻止し、その余勢をかって大学運営への学生参加を実現しようとする改善派。

重くのしかかる現実に個人の怒りや不満をストレートにぶつけ、自己否定の論理を振りかざすバリケード派は、ある意味では哲学的、文学的であり、宗教的でさえあった。少なくともそうした見かけを具えていた。それに対して後者は、政治的で、現実的、政策的といえた。一般の学生のストレートな怒りは、抽象的な観念と直截な行動を求めるバリケード派に結集された。だが、灰色の壁に塗り込められたような展望のないその運動に次第に不安が増大し、組織的で粘り強い改善派に押されつつあった。そして、運動のイニシアティブを取るために、互いに全国の大学の活動家に動員をかけ、相手を非難し合って、時にはそれぞれが数千単位の規模で集会やデモ、そして衝突を繰り返していた。もはやごく一部の人間を除き、双方ともこの闘争の発端が何であったのかわからなくなるほどの泥沼状況になっていいた。

――一体、この闘争は、いつ決着がつくのか？　大学もバリケード派の封鎖によって荒れ放題に荒れている。もはや、まともな大学としての再建は不可能ではないのか？

そう宙丸は悲観的に考えていた。高校時代のストレートな言動から、彼は当然バリケード派に流れるものと、かつての友人たちに思われていた。が、意外にも彼は改善派に属したのだった。高校時代に一年半も生徒会の日常活動をしてきたせいか、彼にはバリケード派の行動はただの跳ね上がりとしか思えなかったのだ。

毎朝、目を覚ますと、右手で荒れた頬を撫でるのが彼の癖のようになっていた。彼はそこにもう十日間も泊り込んでいたが、その間、風呂はおろか食料の支給すらも十分ではなく、皮膚がかさかさと乾いた音を立てるような気がしていた。汚れたコートを着たままイスや机の上で泥のように眠る夜も、明け方近くになると、ぞくぞくする冷え込みで必ずといっていいほど目が覚めた。

――その後、どうしているだろうか？

この殺伐とした状況の中で、宙丸は、典子に会いたい思いを募らせていた。学生運動が授業内容の改善などの課題になかなか向かわず、バリケード派への対抗上とはいえ、現在のようなゲバルト戦になっていることが彼には不満だった。彼女ならきっとさまざまな助言を与えてくれる、そう思っていた。だが、活動の忙しさにかまけ、典子とは全く連絡を取っていなかった。彼女が彼のもとを去ってから、すでに一年半もの時が過ぎ去っていた。

薄暗い階段教室の壁際で、さまざまな思いにふけっていた宙丸の耳に、かすかだが規則的で鋭い笛の音が忍び入った。音は、夜の闇を衝いて次第に勢いを増し、誰の耳にも聴き取れるようになった。

「来たぞ～、来たぞ～」

恐怖心の混じった怒鳴り声が上がり、待機を続けていた仲間の間に一気に緊張が走った。同じW大の二年先輩の指揮者で、がっしりした体躯に羊のような優しい目をした岩田さんが、小走りで部屋に入ってきた。彼は大学に入って以来、運動に確信を持てなくなりがちな宙丸をいつも励ましてくれる人でもあった。

「全員、出動の準備をしてください。ルポ（偵察）隊からの情報で 敵の数はおよそ三百。すぐ近くのT号館の封鎖を狙っています」

岩田さんは、きっぱりとした口調でそう指示した。学内の多くの建物はすでに彼らに封鎖され、その占領下にあった。彼が属する部隊は、そうした封鎖を阻止するためにW大を中心に特別に編成された特殊部隊だった。病院封鎖を阻止し、続いて東大の大学院生を先頭に、多くの血を流して図書館封鎖をも阻止した彼ら改善派は、その後の揺り戻しを経ながらも、城の取り合いを思わせるような競り合いの中で、一気に主導権を奪回しようとしていた。

宙丸は、口元を引き締め、頭にかぶった黄色いヘルメットの紐を急いで結び直した。両手に軍手をはめ、長さ一メートルほどの重量感のある堅い樫の棒を手に取ると、建物を出て、隊列を組み、ジグザグデモを開始した。

「フーサ、フンサイ、フーサ、フンサイ」
「フーサ、カンテツ、フーサ、カンテツ」

互いの甲高い叫びがぶつかり、その距離が次第に狭まった。

夜空に尾を引くほうき星のように、彼らに向かって次々と火炎ビンが飛来し、銀杏の葉で埋まった校内の路上で音を立てて炸裂した。黒煙とともにどっと勢いよく燃え上がった火柱が、彼らの行く手を遮った。続いて相手の投げた拳大の石が、ガツッガツッと鈍い音をたてて彼のヘルメットを激しく揺さぶった。前方に、身長の倍もあるかと思われる竹槍や鉄パイプを突き出し、ヘルメットをかぶり、タオルで覆面をしたバリケード派が迫ってきた。

「突っ込め、突っ込め」

指揮者の岩田さんが進撃を命じた。

吹き上がる炎の中を、丸い火の輪をくぐるサーカスのライオンのように、宙丸たちはそれを次々と突っ切って相手の正面に出た。彼のすぐ前に迫ってきたヘルメットとタオルの間の尖った三白眼が、彼にはまるで呪わしい悪魔の眼のように見えた。

双方がそこで激突した。バリケード派は先の尖った竹槍や鉄パイプで彼らの身体を激しく突いてきた。顔をめがけてしきりに突き立ててくる者もいた。まともに目を突かれたら失明だ。これまでの負傷者の数ははかり知れず、中には建物の屋上から大人の頭ほどもある石に直撃され、頭蓋骨が陥没し、廃人さながらになった者もいると彼は聞いていた。戦争ごっこと揶揄するのは簡単だが、彼らにとっては、下手をすれば自分の命をも奪われかねない戦争そのものだった。内心は恐怖におののく彼らだったが、相手に恐怖心を与え、自らの集中力を高めるために、一言も声を発してはならないと指示されていた。

宙丸たちは彼らの長い竹槍に押され、のけ反りながら後退を強いられた。それでも彼らは向かってくる竹槍や鉄パイプを樫の棒で払い除け、相手の懐に踏み込むことで、相手の動きの自由を奪おうとした。火炎ビンの炎を突っ切ってきた気迫とその戦術が効を奏したのか、まもなく敵はじりじり後退し、最後には総崩れとなって背中を見せて逃げ出した。

蜘蛛の子を散らすように慌てふためく敵に、宙丸たちは一転して、腹から絞り出すような喚声を上げて襲いかかった。

まるでシマ馬を追うライオンのように、総崩れになった相手を追うことほど痛快で、動物的本能を満足させるものはなかった。

懸命に相手を追い、J号館の前まで来た時だった。

突然、J号館から思いもよらぬ五十名ほどの敵の新手が、喚声を上げ、彼らの側面に猛然と襲いかかってきた。相手の隠し部隊だった。不意を突かれた彼らは、身の毛がよだつような恐怖に駆られ、慌てて向きを変え、我先に逃げようとした。そのため、部隊は大混乱に陥った。

その時、突然、宙丸は自分の足元の地面が抜き取られたように感じた。絶対にあってはならないことが、起こったのだ。多くの人間に踏みしだかれ、滑りやすくなっていた銀杏の葉に思わず足を取られた彼は、アッと思う間もなく、宙に跳ね上がって転倒したのだった。数人の仲間が彼を助け起こしに駆け寄ってきたが、すでに遅かった。

ゲバ棒の嵐が猛然と彼に襲いかかっていた。

彼は、ただ反射的に頭を守ろうと、亀のように頭をすくめ、両手でヘルメットの頭を必死でかばい続けるしかなす術がなかった。


こうして宙丸は、彼らに拉致されたのだった。

彼は地獄の底に突き落とされたような絶望的な気持ちになった。彼らに引き立てられたところは、ところかまわずアジビラやタバコの吸い殻、空き缶や割れたコーラの空きビン、床にぶち撒かれた赤や青や黒のポスターカラー、破れ放題に破れ、ほとんど骨だけになった立て看板などが散乱した、文字通り地獄の揺曳《ようえい》を思わせるような地下室だった。天井からぶら下がった裸電球のコードでさえも、絞首台の縄のように彼には思えた。彼は、足の先から冷たい血が上がってくるような恐怖に駆られ、一気に怖じ気づいた。

髪を伸び放題に伸ばし、尖った目と鰐のように反り返った顎をした頑強そうな体躯の男が、他の二人の男に命じ、彼を幅の広い堅い木のイスに座らせると、すぐに尋問が始まった。男は肩を聳《そび》やかし、殺気立った目で彼を睨みつけると、彼に改善派を実質的に指導している青年改革同盟のメンバーかどうか、改善派の全体の人数、その配置状況などを執拗に問いただした。

「正直に言えばすぐ解放する」

男はこうした時の常套句を何度も口にしたが、宙丸が沈黙していると、頬にいきなり力まかせの鉄拳が飛んできた。カエルのように跳ね上がった彼は、コンクリートの壁に激しく叩きつけられた。どんよりとした生暖かいものが口の中にあふれ、たまらず吐き出すと、汚れた床に季節はずれの赤い花火の模様が出来上がった。

水に落ちた犬を叩けという諺があるが、人間というものは自分より弱いものを虐待すると、興奮の度合いが一層高まり、その虐待がとめどもなくエスカレートする性向があるようだった。彼らはさらに床に倒れた彼の腹を蹴り、続いて彼の身体のいたるところを力まかせに蹴りつけた。彼は呻き声を上げながら、ボロ雑巾のように身を縮め、うずくまった。

「この野郎、強情な奴だ。水だ、バケツに水をもってこい」

宙丸が起き上がらないと見た彼らは、氷つくような水をヘルメットがはずされた彼の頭に浴びせた。水を浴びせられ、胸元をつかまれて無理矢理立ち上がらされた彼は、また元のイスに座らせられた。彼は水から引き上げられた子犬のように、ブルブルとひたすら身を震わせるばかりだった。

「こいつ、まだ吐かないか。おい、よ〜く聞け。おまえなんか、誰にも知られずに東京湾に沈めようと思えば、簡単にできるんだぞ」

沈黙を続けた彼に、一層腹を立てた彼らは、獲物を捉えた野獣のように、今度は三人がかりで挑んできた。殴り、蹴り、引きずり回して床に叩きつけるという暴行が幾度となく繰り返された。

それはもはや尋問というものではなかった。

彼らの憎悪を満身で叩きつけるリンチであり、殺戮行為にも発展しかねないものだった。まさか殺されることはあるまいと甘く考えていた宙丸は、「自分は殺される。殺されるぞ〜」と次第にかすんでいく意識の奥でそう叫んでいた。


「運転手さん、そう、そっちの方です」

宙丸が意識を取り戻したのは、その女性の声がきっかけだった。

その声の主が誰なのか全く見当がつかないまま、彼は自分がタクシーの後部座席に横たわっていることを知った。彼の蠢く気配を感じ取ったのか、女性は前の座席から後ろを振り返り、声をかけてきた。

「気がついたの。もう大丈夫よ。私よ、典子です。思い出せる？」

「のりこ、のりこ……」

彼は傷ついた口の中で、もごもごとその名を繰り返し、喉からかすれ声を絞り出した。

「高校時代の……萩野典子さんですか？」

「そうよ。その典子よ。よく覚えていてくれたわね。ひどい目に遭わせて本当にごめんなさい。ごめんなさいね」

「……」

彼は、まるで夢を見ているようだった。彼女は心から心痛している様子だったが、彼はほぼ一年半ぶりに彼女に会えた懐かしさよりも、なぜ彼女はこうして自分と一緒にいるのか、なぜ彼女は自分に詫びるのか、わけがわからなかった。

朦朧とした意識の中で、ようやく浮かんだ考えは、彼女もまた自分を拉致し、暴行を加えた仲間の一人ではないかということだった。そう思った瞬間、彼の身体と心は再びこわばった。うっかりしたことは言えないと思ったのだ。

「このタクシーはどこへ行くんですか？」

彼は、恐る恐る、擦れ声で彼女に尋ねた。

「私のアパートよ。嫌かも知れないけど我慢してね。あなたは傷を直さなくてはいけないの。病院だと何かと差し障りがあるでしょう。幸い骨には異常がなさそうなので、傷の手当てをしながら静養することが必要なの」

典子は、遠慮がちにそう言ったものの、彼は再び不安になった。暴行を加えた彼らは、あるいは彼女のアパートに自分を軟禁し、監視するつもりなのかもしれない、そう思ったのだ。

「心配しなくていいの。あなたはもうあの人達から解放されたの」

宙丸の心を見透かしたその言葉で、彼はいくらか警戒心を緩めた。正直なところ、彼には下宿に帰ってそこで傷を直せる自信もなかった。病院は彼女の言う通り、場合によっては警察に通報されるなど確かにいろんな支障があり、郷里の両親に知れることもできれば避けたいことだった。彼は彼女の言うことにとりあえず従おうと思った。

タクシーが典子のアパートの前で止まると、彼女は彼を抱きかかえてアパートの階段をゆっくりと昇り、部屋に入れた。

六畳と三畳の二間続きの部屋で電話やトイレや風呂もあるようで、四畳半暮らしの下駄履きアパートに慣れ親しんだ彼には非常に贅沢に思えた。部屋の中はきれいに整頓され、女性らしく花や人形なども飾られ、白い壁には模造には違いなかったが、外国の風景画も掛かっていた。彼は、まるでおとぎの国の世界に突然迷い込んだように思った。ほんの少し前まで殺伐とした地下室で凄惨なリンチを受けていたことが信じられない思いだった。

「何か食べる？」

典子は彼を畳の上に静かに下ろし、そう尋ねたが、彼は黙ったまま首を横に振った。食欲は全くなく、身体全体がずきずき痛み、畳に腰を降ろしていることすら耐えられなかった。

「すぐ横になった方がいいわね。待って、今お布団敷くから」

彼女は押し入れから布団を取り出し、六畳の部屋に敷いた。

彼はそれでも自分で上着とズボンを脱ぐと、そのままどっと布団に倒れ込んだ。柔らかい布団の感触で、初めて自分は助かったんだという安堵が、身体の奥から込み上げてきた。

典子は彼の身体のどこが痛むかを尋ね、シャツを脱がせ、とくに痛む箇所に貼り薬などを当てて、手当てをした。そして彼の額に手を当て、かなり熱があるのを知ると、台所に行き、洗面器に氷を入れ、タオルを浸して、彼の額に丁寧に載せた。

「ゆっくり休んでね。明日になったらあなたに必要なものを買ってくるわ。私は隣りの三畳の部屋で寝ますから」

典子がそう言うのを最後まで聞くか聞かないうちに、打ち克ちがたい睡魔が彼を襲ってきた。

真夜中に何度か典子がタオルを取り替えにきた時、彼の額で遠慮がちに揺れるその白い指を、宙丸は深海に泳ぐ白い魚のように感じていたのだった。


——まさに間一髪だったのだ。

カウンターの内側の丸イスに座って、かつて典子に救出された時の光景を辿った宙丸は、そう思った。典子は命の恩人であり、いくら感謝しても足りない存在だと改めて感じていた。

だが、典子がレストランで激しく泣いた理由を、彼はやはりどこにも見出せなかった。あの救出の時ではない、と彼は思った。

「マスター、もう、おしまいでしょ。おあいそ、お願いしますよ」

顔を上げると、いつのまにか、あの背の高い影山さんがカウンターの前に突っ立っていた。連れのフィリピン女性はまだボックス席から腰を上げず、季節はずれのクリスマスソングを歌っていた。時計を見ると、時刻はとうに午前二時を回っていた。

「マスターはW大の出身なんだってね」

おあいそをしながら、影山さんが突然、宙丸にそう聞いてきた。

「……」

「違うの？」

「ええ、まあそうなんですけど、でもそんなこと、どこで聞かれたんですか？」

彼には、最近店の客になったばかりの影山さんが、なぜそんなことを知っているのか不思議だった。どうやらダンさんたちが、夜、あちこちの店に行っては、自分を酒の肴にしているのだと思った。

「この界隈じゃ知らない者はないよ。変わり者のマスターだってね。自分と同じ世代のようだから、学生運動の経験あるでしょ？」

「ええ、少しですが……」

否定するわけにもいかず、そう彼は答えた。

「自分もあの東大闘争ではかなりやった方なんだ」

「……」

宙丸に緊張が走った。その「かなりやった」という乱暴とも思える言い方から、彼はかつてバリケード派だったのではないかと思ったのだ。宙丸は彼にどう対応してよいのかわからず、戸惑った。

その時、店の電話が鳴った。宙丸がそれに向かおうとすると、電話のすぐ目の前にいた影山さんが、すぐに彼に替わって受話器を取り上げた。

「はい、影山……」

そう言ったあと、影山さんは急に口ごもり、二〜三秒受話器を自分の耳に当てた後、すぐそれを彼に手渡した。

いきなり典子の声が耳に飛び込んできた。

「ああ、典子さんですか？　一体どうしたんですか？　こんなに遅く」

彼の声は咎める口調になっていた。

「ごめんなさい。この二日ほど、ずっと身体の調子が悪くて病院に行ったりして…… 今夜もあまり眠れなくて……それでこんなに遅い時間だけど電話したの。大丈夫かしら？」

その声から、彼女の悪びれた様子が感じ取れた。

「僕の方は一向にかまわないですが、身体の具合が悪いって、一体どうしたんですか？」

「眠れないだけなの。ところで急で何だけど、宙丸さん、近いうちに時間取れるかしら？できればまた会いたいんだけど」

「ええ、大丈夫です」

「そう、よかったわ。とくに用事があるというわけではないのよ。ただ会って少し話したいだけなの……」

三日後の日曜日は、典子にどうしてもはずせない用があるというので、彼らはその次の日曜日に新宿で会う約束をした。

宙丸は受話器を置き、影山さんに顔を向けた。すると、ほんの少し前まで饒舌だった彼は、射るような目でカウンターを見下ろしていた。

「勝手に電話を取って悪かったね、マスター。ちょうど今頃の時間に、知り合いからこの店に電話が来ることになっていたもんだから……」

彼はそう弁解したが、すぐ顔を彼に向け、右手の小指を突き立てた。

「今の人、マスターのこれかい？」

「いえ、とんでもないです。ただの高校時代の先輩です」

彼が少したじろいで答えると、影山さんは黙ったままおあいそを済ませ、ボックス席のフィリピン女性を振り返った。彼女は慌ててそれまで歌っていたクリスマスソングを中止して立ち上がり、影山さんと部屋から出ていった。

宙丸は救われた思いだった。

だが、まさにその時だった。まるで雷に打たれたように、彼はあることに思い至ったのだった。

——あの日だ。あのクリスマスイブの日だ！　どうして今まで気がつかなかったんだ！

典子が言った「あの時」とは、彼女に救出されて一ヵ月ほど一緒に暮らした最後の日、二十年以上前のクリスマスイブの日に違いないと思ったのだ。

店の扉の鍵をかけるのももどかしく、宙丸は深夜の街に飛び出した。

# 三

典子に助け出された翌朝、窓の外から、ひっきりなしに降り注ぐ、小鳥の黄色いさえずりで宙丸は目を覚ました。

彼はすぐに、全身の打撲で痛む身体を典子に支えられて電話の受話器を手にし、指揮者の岩田さんに連絡を取った。ヘルメットの上からとはいえ、ゲバ棒や鉄パイプでしたたかに殴られ、その上、リンチを受けたためひどい頭痛がし、身体中至るところが内出血を起こしていた。

痛む頭を押さえながら、彼は岩田さんに、拉致されてかなり暴行を受けたが、大したことにならず、じきに解放された。身体を治すため病院に通い、治療を受けるのでしばらく活動を休むと伝え、了解を取った。岩田さんは、なぜ彼がそんなに早く解放されたのかいぶかしげな声を上げたが、彼は言葉を濁し急いで電話を切った。

こうして、宙丸と典子の奇妙な生活が始まったのだった。

典子のアパートは吉祥寺駅の近くにあり、少し歩くと井の頭公園が広がっていた。

「イッチ、ニッ、イッチ、ニッ」

若い彼の身体は急速に回復し、早くも三日目には彼女に肩を支えられ、公園の池に沿った道を掛け声をかけて歩くトレーニングが始まった。疲れを覚えると二人で公園のベンチに腰を下ろし、池に集う鳥たちを眺め続けた。それからアパートに戻ると、彼女の本棚から本を取り出しては読む日々を彼は過ごすようになった。

彼の身体が癒《い》えてくると、典子は彼女がバリケード派の中でも比較的穏健といわれるF派のメンバーであることを打ち明けてくれた。彼が拉致され、地下室に連れ込まれてからしばらく経って、彼であることがわかり、すぐに解放してくれるよう幹部に頼んだものの、意外に手間取り、そのために地下室でのリンチを許してしまったとのことだった。

「もっと早く救出できればよかったのに。本当にごめんなさい」

典子はそう言って、何度も彼に詫びた。

典子と一緒に暮らし始めて宙丸が最も驚かされたのは、活動家の多くがそうだったように、彼女もまた運動を通じて、現在の国家を打ち倒し、理想的な未来社会の到来を願うようになっていたことだった。

その社会はどんな差別や貧困や戦争もない、全ての人間が真に自由で平等な理想社会、生産力の巨大な発展をもとに、各人が能力に応じて働き、必要に応じて受け取ることができる、途方もなく豊かな理想社会、すなわちコミュニズム社会だった。

それは人間が今日は狩りをし、明日には作物を育てるというように、人間の奇形化をもたらす分業が廃棄され、有史以来の弱肉強食を旨とした動物の国から決別した真に人間的な社会だった。それはまた、科学や芸術や文化が全面的に花開き、万人がそれらを享受できる自由の王国というべき社会でもあった。

典子が、それを願ったように、実は、宙丸もまたそうだった。現実の運動には多くの疑問を持ちながらも、彼もまた強くそうした理想社会の到来を願うようになっていた。その結果、彼は、改善派を実質的に指導する青年改革同盟の組織にも加入していたのだった。

「早くそういう美しい社会が来ればいいのにね……」

「来ますよ。間違いなくそう遠くないうちに来ますよ」

彼女の言葉を受けて、彼は躊躇なくそう「予言」した。

それは大学に入ってからまるで閃光のように、突然、若い彼らの体内に飛び込んできたエネルギッシュな思想だった。現存の社会を貧困や差別を生み出し固定化する階級社会とみなし、その支配の道具である国家を打ち倒すことによって階級をなくし、究極的には国家を死滅させることを目ざす思想だった。現実の全ての矛盾や不幸を解消し、この世の楽園の到来を必然的とする科学的な装いをもったまさに夢のような思想だった。

そうした社会を目ざし、それに必然的につながると信じた学生運動に加わったことで、宙丸には、これまで自分の内部にわだかまっていた漠とした不安がかなり緩和されたように思えていた。そして社会進歩というその目標によって、ようやく人間としての自分の生きる意味や自分という存在の根拠が与えられたような気がしていたのだった。おそらく典子もまたそうだったのだろう。

それは何と美しい社会に思えたことだろう。何と純粋で清らかな社会に思えたことだろう。彼らは、熱に浮かされたようにその夢を見合った。そして、すぐにもそうした理想社会が到来するかのように目を輝かせて語り合い、人間の明るい未来を信じ合った。

こうして、理想社会の実現という一点では宙丸と典子の考えは一致したものの、それにつながる当面の運動については、彼らは考えを異にした。彼女はセクト（党派）臭を表に出す視野の狭い性格では決してなかったが、それでもある時、彼が加入していた青年改革同盟の組織を脱退するよう彼に熱心に説いたことがあった。

「あなたが加盟している組織は、あの何千万人もの人々を殺戮したスターリニズムを体現したS党に支配されているのよ」

そう典子は力説し、それによる圧政やS党の歴史などを詳細に説明してくれた。その問題では、典子は宙丸の何倍も詳しかった。そこには以前、彼が知り得ていたことも含まれていたものの、彼女から直接聞かされると、簡単には否定できない重い響きを彼は感ぜざるを得なかった。

「僕はもっと勉強すべきだと思っていますが……」

その時、宙丸は、彼女に助けられた負い目を感じながら、そう言葉を濁した。だが、すぐにこう付け加えることも忘れなかった。

「でも仮にそうだとしても、今も勝手に大学を封鎖し、暴行と破壊の限りを続けているバリケード派の方が、もっとスターリニズム的ではないの？」

その時、彼女は眉をひそめ、ひどく困惑した表情を浮かべた。途方に暮れた様子で黙りこくった後、気を取り直すかのように台所に立って、彼に食べさせるリンゴの皮をのろのろと剥き始めた。それ以来、彼らの間では運動の話をすることはタブーのようになったのだった。

典子はあまり上手とはいえなかったが、彼の身体を気づかって野菜をふんだんに使った料理を毎日作ってくれた。

「遠慮しないでたくさん食べてね。早くよくなって」

彼女にそうせかされると、野菜があまり好きではない彼も食べないわけにはいかなかった。彼女は家事をはじめ、物事を実にきびきびと処理し、休むことを知らないようだった。高校の時と同じようにいつも伸びやかで、彼は、彼女のそうした一つ一つの仕草を見ることで童話の世界で動き回る妖精を思い浮かべた。純粋さと透明性に満ちた彼女の姿は、とかく屈折しがちな彼の心を、常にまぶしい日差しのもとに引き出してくれるようだった。

たいてい彼らはお互いに好きな映画や音楽について話をはずませ、笑い合い、相手の言うことに変に感心し合ったりした。

ある時、二人の間で東京にきてからどこへ行ったかという話になり、彼はハイキングを兼ねて湯河原の共同浴場に一人で行った話をしたことがあった。

「その温泉は、確か五十度近くのひどく高い温度なのに、水で埋められないよう管理人が見張っているんです。手をちょっとお湯の中に入れただけでもビリッときて火傷するぐらい熱いんです。それでどうやって入るかというと、すぐそばに板が置いてあって、その板で掻き混ぜてから入るんです」

「どうして水で埋めてはいけないの？」

「管理人に聞いたんですが、お湯の成分が薄くなるからっていうんです。それはそうなんでしょうが…… とにかく板で掻き混ぜると何とか入れるんですが、それもせいぜい五秒が限度です。地元の人はいくらでも長く入っているんですが…… ほら、こうして足の爪先をお湯の外に出して入るんです」

そう言って彼は畳に仰向けになり、軽く両足を上げてその仕草をして見せると、彼女はその滑稽な姿に吹き出した。

「足の爪先が一番熱に感じやすいってことを僕はその時初めて知りました。でも一回しか入る気になれなかったのです。たった五秒です。その五秒のためにわざわざ湯河原まで来たのかと思うと、ひどく情けない気持ちになりました」

彼女は、そのたわいもない話に声を上げておかしがり、目を輝かせてはしゃいだ。

「ぜひ一度行ってみたいわ。大きい旅館の温泉もいいけどそういうところもおもしろそうよね」

その典子の言葉で、彼は、いつか彼女と一緒に旅行し、広い草原を二人で手をつないでどこまでも駆けていく姿を想像した。だが、すぐにそうした機会は本当に二人にくるのだろうかと疑った。少なくてもこの運動が終結しないうちはないだろう。それはいつのことなのか、そんなことは誰にもわからないことだった。

こうして彼らが一緒に生活してからまたたくまに一ヵ月が経とうとしていた。彼は以前にも増して彼女を好ましく思っていたし、彼女もそうだと思われた。だが、信じられないかもしれないが、彼らの間には、散歩の際、互いに手をつなぐ程度のことはあったものの、それ以上のことは一切なかったのだ。それを阻んだのは二人の活動上の考えの違いなどではなかった。そのような違いは二人の間ではいつしか問題にならなくなっていた。それを阻んだのは、彼の心の中の得体の知れないあるものだった。

だが、そうした生活のあり方は、二人の関係の純粋さを高め、それを一層まばゆいものにしていくように彼には思えた。彼女は、彼にとって決して肉の対象とはならなかったのだ。

彼らが運動から遠ざかっている間に、東大の情勢が急変していた。大学封鎖を押し進めていたバリケード派が急速に追いつめられ、改善派と中間派のノンセクトラジカルが連携し、これまで封鎖されていた建物を次々に解除する事態が進行していた。典子も、再び活動で出かけることが多くなり、彼も昼間一人で、今後の彼女とのことや自分の活動の時期についてあれこれと思案するようになっていた。

十二月のクリスマスイブの日だった。その日は朝からひどく冷え込み、アパートの薄い窓ガラスに霜が張りつき、風が吹き荒れていた。近くの木立や建物に吹きつける、地鳴りにも似た音がアパートの部屋からも聞こえていた。音は空には昇らず、低く地を這うようだった。そのため、彼は日課の散歩をとりやめた。

「それじゃあ、行ってきま〜す」

そう言って、典子は朝から東大に出かけていった。宙丸は、コタツで、当時まだ邦訳されていなかったイギリスの作家ジョージ・オーウェルの「動物農場」を、つたない英語力を頼りにその日も一日中読み続けた。

人間に虐げられてきた農場の動物たちが、反乱を起こし、人間を追放して全ての動物が平等な理想社会を建設しようとしたものの、革命がなった途端、ボスのナポレオン（豚）に権力をほしいままにされ、彼の口先一つで動物たちは前よりもひどい生活と粛清の嵐に晒されていく。

そういう物語だった。

独裁体制を形成していくスターリニズムの論理を巧みに捉えて、それを寓話化したものだった。そこには人間の狡猾さや弱さへの鋭い洞察が縦横無尽に表現されており、彼はその小説に新鮮な感動を覚え、読み耽《ふけ》った。

気がつくと時計はすでに午後八時を回っていたが、彼女はまだ戻らなかった。いつもなら外から電話を入れてくれるのに、それもなかった。今日はとくに冷え込むので、たまには自分の手で彼女に温かいものを作ってやろうと思い立ち、彼は台所の冷蔵庫を開けた。

運よく牛肉と豆腐、それにネギや白菜などいくらかの野菜が残っていて彼はそれでスキ焼きを作ることにした。スキ焼きができあがり、彼女が帰ったらすぐ温めて食べればよいだけになったが、十二時を過ぎても彼女からは何の連絡もなかった。

――一体どうしたんだろう?

宙丸はさすがに不安に駆られた。が、どうすることもできず、ただコタツで横になって、うつらうつらと彼女を待つしかなかった。午前三時過ぎだった。突然、アパートの前で車の止まる音がした。そして階段をゆっくりと、足音を殺した重い足取りで昇る音がし、部屋の前で止まった。彼は跳ね起き、玄関まで出ると、ドアが開いた。そこには冷え込んだ外気とともに、血の気が失せて憔悴しきった表情の典子が立っていた。

「どうしたんですか? こんなに遅く。何があったんですか?」

すぐに彼はそう尋ねた。だが、彼女は黙りこくったまま三畳の部屋に入り、ゆるゆると着替えを始めた。彼女の着替える姿を見まいと、彼は急いでいつもの六畳の部屋に戻り、再びコタツに足を入れた。その時、彼には彼女の着ていた衣服が、その日の朝、出かける時のものと印象が違うように思えたのだった。

　着替えを終えた彼女が、部屋に入ってきた。

　一瞬、宙丸は自分の目を疑った。典子はいつものパジャマ姿ではなく、身体全体が透き通って見えそうな羽衣のような薄いブルーのネグリジエに身を包んでいたからだった。

「あれ、どうしてパジャマじゃないんですか?」

　その姿をまともに見ることができず、彼女から目をそらした。だが、次の瞬間、宙丸が予想もしないことが起こった。彼女が、そのままいきなり彼の胸に倒れ込んできたのだった。

「抱いて、ねえ、お願いだから抱いて」

　彼女は激しく泣きじゃくりながら、彼にしがみついてきた。

　すぐに、激しい欲望が、怒涛のように彼に襲いかかってきた。彼女のやわらかで、しかも弾力に富んだ白い肌の感触が、彼の性欲を強烈に刺激したのだった。彼の下腹部の突起物は、鋼鉄のように硬直し、屹立し、今にも弾けそうになって、ジーパン姿の彼の身体に痛みさえ伝えていた。彼は、彼女を押し倒し、そのネグリジェを暴力的に剥ぎ取り、一気に自分の欲望を達したい衝動に駆られた。

それでも彼は、かろうじてその衝動の爆発を抑えた。

「どうしたんですか？　一体何があったんですか？　話してください」

そう言ったものの、その声は上ずり震えていた。彼女はそれには答えず、怯えたように一層強く彼にしがみついてきた。

「聞かないで。抱いて、お願いだから！」

それはもはや絶叫であり、懇願といってよいものだった。彼は、彼女の唇にそっと自分の唇を押し当てた。やわらかで湿った彼女のぬめぬめした感触が、彼の全身を走り抜けた。彼はその感触に一瞬めまいにも似たものを感じたものの、なおも踏みとどまった。そして彼女と生活して以来、ずっと考え続けてきたことをついに口にしなくてはならないと思ったのだった。

「つらいけど、僕は、あなたを抱くことができないんです」

かすれた自分のその声で、彼は少し冷静さを取り戻していた。

「どうしてなの？」

「……」

「ねえ、どうしてなの、言って」

「どうしてかって言えば、ずっと考えてきたことなんだけど、僕があなたを抱いたらおそらく二人とも今までとは違った別の自分になってしまうんです。きっとそうなんです。おそらくあなたは今のあなたではなくなってしまう。世間によくいる女性と同じような人間になってしまうかもしれない。現実的な女性に。もしかすると、セックスやお金に異常な関心をもち、羞恥心もあまり感じないような人間になってしまうかもしれない」

「ひどいわ。そんなふうになるわけないわ」

「でもわからない。男だってそうなんです。僕自身だってそうなるかもしれない。あなたへの対し方だってこれまでと変わってくるかもしれない」

「……」

「でも僕が本当に大切に思えているのは、今のあなたなんです。いつも何かを追い求め、まっすぐ前を見て駆けていくようなあなたなんです。そうしたあなたに、僕はこれまでずっと精神的な透明さや純粋さを感じてきたんです。そんなあなたや二人の関係を壊すことなんて僕にはできやしないし、そうすることが僕にはたまらなく恐いんです。本当に恐いんです」

氷のような沈黙が典子を襲った。身体がかすかに痙攣するように震えたかと思うと、そのままこわばっていくのがわかった。彼はそっと彼女の身体を離した。いつのまにか自分の目にも涙があふれていた。彼女に言ったことは、彼がずっと以前から感じ続けていたことだった。

——性的充足と精神性は相乗的であるようにも言われるが、とんでもない嘘だ。それらは互いに絡み合いながら打ち消し合おうとするのだ。一方が強まれば、他方は弱まる。セックスは男にとっても女にとっても精神的に純粋なものを弱める結果をもたらしてしまう。女は例えようもないほど現実的、肉欲的になり、男もそれに引きずられていく。おそらく、今、ここで欲望を遂げたら、自分がこれまで彼女に対して抱いていた憧れや敬意などは跡形もなく吹き飛んでしまうだろう。お互いが肉の渦に巻き込まれていくだろう。それは男から精神性を剥ぎ取り、泥のような現実の中でのたうち回らせ、喘《あえ》がせるはずだ。

彼女は沈黙し続けていた。やがてそっと立ち上がり、台所に向かい、そこにしゃがみ込んだまま激しく嗚咽《おえつ》し始めた。そして、涙で汚れた顔を彼に向け、哀願するような口調で叫んだ。

「帰って！　お願いだから帰って！」

それが、典子の別れの言葉だった。

宙丸は脱兎のごとく彼女の部屋から飛び出していた。


――典子が口にした「あの時」とは、激しく自分を求めてきたあのクリスマスイブの日に違いない。

二十年以上も前の記憶の海を航海し終えた宙丸は、苦い思いに揺られながら、線路沿いの土手のベンチに腰を下ろした。あたりは深閑として、はるか遠くから、酔っ払い客のオダを上げる声だけが、犬の遠吠えのように聞こえてきた。

――自分には昔から純粋なものを求める傾向が強かったかと問われれば、間違いなくそうだった。この現実を、美しくないもの、醜いもの、うす汚れたものと見なし、それを嫌い、美しきもの、矛盾なきものを求める傾向が強かった。社会の不正を見過ごせず、その変革を目ざし、学生運動に参加し、自由で平等な理想社会を目ざしたことも元はといえばそれによるものだったのだろう。確かに自分はあの時、典子を抱くことで彼女と自分の精神性が弱まり、これまでの二人の精神的なバランスが崩れ、ついには崩壊してしまうことが恐かったのだ。彼女を受け入れることは自分と彼女が、この地上の汚れた現実に引きずり込まれることだと恐れたのだ。

宙丸には、あの日、彼女が嗚咽した姿と、先日の彼女との再会時に激しく泣いた姿とが二重写しになっていた。

あの東大闘争は、その後、彼ら改善派を主体にした代表団が、大学当局との間で学生処分の撤回と大学運営への学生参加を認めた確認書を勝ち取ったことで決着した。他方、バリケード派は、彼らの抽象的な自由の内実を示すかのように、パフォーマンスとも思える機動隊との安田講堂攻防戦を演じ、玉砕して果てた。その後、彼らは四分五裂し、その流れの中で、仲間を凄惨なやり方で次々と粛清し、処刑していった、あのおぞましい連合赤軍事件が引き起こされたのだった。

闘争の決着後、大学はまるで栓が抜けた大きな樽のような空虚感に覆われた。一般の学生たちも大いなる変貌を遂げていった。あれ以来、学生たちは大きな観念というものを信じなくなり、もはや誰も政治などに関心をもたなくなっていった。個人的な趣味やセックスの時代が到来し、バリケード派があれほど拒否した日常性の世界に、しかも卑近な日常性の世界に埋没していったのだった。

政治的自由から、身の周りの小さな自由への転回。

決して悪いと断ずることのできないその転回は、学生たちばかりか、次第に社会全体にも浸透していったように彼には思えていた。

——あれから社会が、いや国家すらもさらに溶解していったのだ。大きな観念が消失したことで、精神のカオス化ともいえる状況が進み、それが現在の観念なき若者や社会の状況を生み出したのだ。

それにしても、一体何という時代であったことだろうと宙丸は思った。学生同士が激しく対立し、暴力的に抗争し、おびただしい血が流されたあの時代。彼は、はるかに遠くなったその時代を、時とともに別の出来事のように思い始めていた自分に気づき、そうではない、あの時代はやはり現在につながっているのだと改めて自分に言い聞かせた。

その一方で、彼は、典子の言った「あの時」をほぼ確認しながらも、あの時彼女に具体的に何が起こったのか、依然として想像すらつかないことに自分の無力を感じていた。今度、新宿で会った時に、それを彼女に尋ねるべきだろうかと彼は自問した。だが、すぐに彼はその考えを胸の奥にしまい込んだ。

——彼女の話の中から、その事件のことを少しずつ聞き出していこう。それしか方法はないだろう。

典子が胸の奥に二十年以上も宿し、彼がその闇にほんの少し触れただけで、狂ったような反応を示したことを思うと、それを問いただすことは、彼女の存在そのものに触れるような恐ろしい行為に思えてきたのだった。

# 第三章

## 一

宙丸が典子と会ったその日は、すでに猛暑の時期は過ぎていたが、まだ厳しい暑さが続いていた。少し風が出て幾分涼しくなった夕方、彼女を新宿駅南口の改札口で笑顔で迎えると、彼はすかさず彼女に身体の状態を尋ねた。

「大丈夫、大丈夫よ」

彼女はただ、そう逃げるように言うだけで、何も話そうとはしなかった。確かに顔色もそう悪くなく、病み上がりという感じでもなかった。彼もあまり詮索するのも気が引け、それ以上深く尋ねることをしなかった。

日中の熱気が冷めやらぬ甲州街道を右に下り、彼らは人々がごったがえすカメラ店やスポーツ用品店などがある通りに入った。その雑踏をすり抜け、東京の夜景を見ながら食事をしようと高層ビルのレストランに向かった。

日曜日のせいか、どのレストランも満員で、ようやく見つけたその店は子ども連れの客もいて、あまり高級なレストランとは言えなかった。だが、幸い、窓際の席にいた客が帰ったばかりで、彼らはそこに案内された。

典子はやはり元気がなかった。

肉の料理がきても、それに半分ほど口をつけただけで、ナイフとフォークを置きざりにしたまま、窓の外に広がる壮大な夜景にじっと見入ったままだった。その夜景は、彼女の気持ちをかえって沈み込ませているようだった。

「どうしたんですか？　どこか気分でも悪いんですか？」

宙丸は不安になって尋ねた。

「ううん。なんでもないの。心配しないで」

彼女はハッと我に返ったように顔を上げてほほ笑むと、突然、自分の黒のハンドバッグから白い錠剤を取り出し、手元のコップの水ですばやくそれを飲み下した。

「それ、何の薬ですか？」

「胃薬よ。少し具合が悪いの」

彼女は笑みを浮かべたものの、無理に作ったようなその表情は彼の不安をかえって掻き立てた。その不安を口に出せずにいると、彼女は、彼にこう尋ねてきた。

「ねえ、私が参加したバリケード派の運動は、なぜ敗北したのかしら？」

彼女のその声は、どこかへすうっと溶けていってしまいそうなほどかぼそげだった。だが、その唐突な問いは彼を戸惑わせた。そうした話は、昔はタブーのようになっていたからだった。本当に二十数年ぶりにそうした話題を差し向けられたことで、彼は困惑と新鮮さの入り混じった複雑な気持ちにさせられた。

「なぜそんなことを聞くんですか？」

彼はそうした自分の気持ちを抑え、ほほ笑んで尋ねた。

「とくに理由はないけど、こうした光景を見ているとなぜかそんな気がしてくるの」

彼は、魂が抜かれたような最近の自分の精神状態が、人を励ますどころではないことを自覚していた。だが、このように精神的に気弱になっている彼女を見るにつけ、何とか彼女を勇気づけなければと思った。

「僕もこうした場所で世間を眺め下ろしてビールを口にしていると、昔も今も世の中にはさほど問題もないし、仮にあっても大したことはないっていう気持ちにもなります。でも、どうでしょう？　当時問題にされた東大医学部の教授会。それに文化的なサークル活動の自由や、思想や表現の自由すらなく、二十億円もの巨額な不正経理まで行っていたN大などの体質は、今から見てもやはり大きな問題だったと思うんです。それらに異議を申し立てたこと自体は正しかったと思いますが、ただ……」

「ただ、何なの？」

「バリケード派は大学を改革するという本来の目的を失っていきました。そして反権力の象徴としてのバリケード封鎖を自己目的化していったことで、彼らは次第に支持を失い、敗北への道を辿っていったと思うんです」

彼は、封鎖そのものは労働争議でも行われることがあり、一般的には否定できないものだと思っていた。ただそれが抽象的な反権力思想と大学解体思想のもとに、大学を無法地帯化し、反対派を校舎から暴力的に排除し、学内を自由に支配する手段として全国の大学に拡大させたあの理不尽なやり方を今でも認めていなかった。そしてあの東大闘争は、自分たち改善派と大学当局との確認書の締結という形で決着したものの、今振り返ってみれば、彼らバリケード派にも勝利のチャンスは十分にあった。にもかかわらず、彼らの観念的で抽象的な目標と暴力礼賛の行動がそれを阻み、自滅をもたらしたのだと思った。

宙丸は、すぐ近くで摩天楼のように聳え立っているビルに視線を向けた。

――かつては大学だけだったが、今では社会全体が異様な現象を晒け出している。小学生までも登校を拒否したり、切れたり、いじめをやったり、中には人を殺す子まで現われてきている。フリーターやホームレスも以前とは比較にならないくらいに増えている。それらを考えると、あそこの巨大なビルを作り出した現実は、今も、当時と同じように、この現実に圧迫感や疎外感を感じ、それに耐え切れずに暴発していく人間を大量に生み出しているのではないか?

周りに目を移すと、いつのまにか、客の帰った斜め隣りの大きなテーブルが騒がしくなっていた。五人連れの家族が席に着こうとしていた。両親と五歳ぐらいの男の子、髪を蝶のような黄色いリボンで結んだ三歳ぐらいの女の子。それに、その祖母と思われる家族で、皆、大はしゃぎだった。二人の子どもたちは、牛のようにのんびりした風貌の父親とまるで違った、尖った感じの母親の「ダメ、ダメ」という制止の声も聞かず、「僕はこっち。わたし、ここがいい。お兄ちゃんは、あっちよ」と、互いに椅子を奪い合っていた。

子どもたちのその無邪気な姿に誘われて、宙丸は思わずほほ笑んだ。そして、やはり自分たちもこんな殺伐とした話ではなく、もっと明るく楽しい話をしなくてはと思った。

だが、彼女は、そうした彼の気持ちとは全く逆の、強い口調を返してきた。

「今、あなたが言った思想のせいだとは思うわ。でも、私たちがそうなってしまったのは、特別な時代背景があったからだとも思えるの。あなたの考えをもっと聞かせて！」

その目には、有無を言わさぬ突きつめた光が感じ取れた。その光にあぶり出されるように、しばらく沈黙した後、彼は、少し遠慮がちに口を開いた。

「大きな試験管の中で、わがまま一杯に育ったからではないでしょうか？」

「大きな試験管？」

「ええ」

典子のけげんそうな顔を見て、彼はこれまで長年反芻し続けてきた考えを口にした。

「バリケード派だけでなく、当時の僕たちは団塊の世代などと言われて、小さい時から受験勉強の中で個別化し、現実から切り離された状況に置かれていました。学生というのは常にそうだといえばそうなんですが……」

彼は、自分たちが戦後に生まれたことで、この国の過去を全否定する風潮の中で育ったことを思った。戦後民主主義が氾濫し、絶対化され、過去はまるでマルかバツをつけるように悪しきものと断罪され、現実は欲や悪や不合理が渦巻く醜悪な場でしかないように受け止められがちだった。従来の体制や価値観の崩壊の中で、国家や権力は何千万人もの国民を戦争に駆りたてた絶対的な悪とされ、伝統や権威なども全てそれらに結びついた悪しきものと受け止められる傾向があった。その気持ちは彼もまた、十分共感できるものだった。だが、気持ちとしてはわかるとしても、それはやはり正しい受け止め方ではなかったのだと彼は思った。

「醜悪な過去や権力からの『解放』や『自由』、それらはいわゆる『個』の意識をも促進し、戦後の高度成長や戦後民主主義を加速させた積極的な要因だったに違いありません。でも、それらは同時に、僕たちの現実感の喪失をもたらしはしなかったでしょうか。それらの自由や個の意識は、人間を支え、その基体をなすはずの伝統や家族や故郷や国家などの土台を破壊し、掘り崩すものでもあったからです。その結果、例えば親や教師の権威や家族の絆なども封建的なものと排斥されたり、この国も誇るに足らないとする意識が僕たちに刷り込まれていきました。いわゆる進歩的な教師や文化人やマスコミは、そうした意識を大いに鼓吹しました。とくに、国際的な広がりを見せたベトナム戦争による反戦の意識や、アメリカと戦う社会主義への獏とした憧れは、そうした国家や権力を否定する意識を途方もなく増幅させました。そして大学はいわゆる大学の自治の塀に守られ、そうした意識が跋扈《ばっこ》する場になっていったのです」

「……」

彼は、はるか遠くを見る思いで、かつての自分もそうした意識だったのだと振り返った。

――確かに国家や権力は醜悪なものを内に含み、しばしば非合理的な情念を煽り立て、戦争や内乱を引き起こすことを可能にする。

だが、他方で、それらなしでは人間の力と欲望が剥き出しになり、果てしなく膨張し、個々人の身の安全さえ確保されることはないだろう。また、それらなしではインフラや福祉、文化、学術などの高度な文明が発達することもあり得ないだろう。

歴史的な段階や状況によっては前者が優位であったり、後者が優位であったりもしよう。そうした動的で複雑な機能をもつ国家や権力をマルやバツの一色で塗りつぶすことなどでき得るはずもないのだ。それはそれらの一面だけを頭の中で極端に拡大した抽象物にすぎないのだ。戦後この国を灰色の雲のようにずっと覆ってきた、そうした図式的で一方的な意識は、学生だけでなく、多くの人々からこの国へのまっとうな認識を奪っていったのではなかったか。

彼は、ここ二十年ほどの間に、次第にそう考えるようになっていったのだった。

「僕たちの世界は、いたずらに国家や権力を否定しようとする、自由や個の意識で充たされ、いわば人工的な試験管のようでした。そのために、いつまでも僕たちは自分を支える土台を失った、わがままで幼稚な試験管ベビー、つまり赤ん坊のようでした」

「……」

「純粋培養された僕たちの現実感はひどく貧しく、絶えず現実から浮き上がりがちで、本当にそれと斬り結ぶ力強さに欠けていたようです。ちょうど今の子どもたちが、現実や他の人間から切り離され、テレビゲームなどの架空の世界にのめり込み、周りが見えなくなっているのとどこか似た状況に置かれていたのではないでしょうか？」

　じっと耳を傾けていた典子が静かに口を開いた。

「確かにそうかもしれないわ。この前、あなたと再会した時、仕事へのあなたの否定的な考えを聞いて、私はとても驚いたわ。あなたはそういう人ではなかったんだもの。でも今は少しは理解できているの。あなたは仕事は人間を熱中させ、それは熱狂に通じていくと言ったわ。私は後でそのことを考えてみたけど、たぶん、あなたはそこに試験管の中で生み出されたような、かつての狭い観念や情熱を重ね合わせていたのね。あなたは以前のようにそうした固定観念に縛られたり、制限されたくないのよね」

彼は黙ってうなずいた。だが、心の中では、店でいつも紫煙ばかりを眺めている今の自分もまた、ひどく脆弱で空虚きわまりない存在なのだと思っていた。そして、その時彼に、またもや、あの狂乱と喧騒に満ちた闘争の光景が甦ってきたのだった。

絶叫と怒号。憎悪と暴力。破壊と狂乱。武装と衝突……


暴力と破壊の伴った絶叫が、彼の耳の奥にいつまでも巣くっているかのようだった。

その光景は眼下に広がる壮大な夜景と結び合った。

夜空に華麗にきらめく高層ビルの光。ネオンや淡い街灯。どこまでも豆粒のように列をなして行き交う車のヘッドライトやテールランプ。次第に彼には、それらの一つ一つが、狂信的な暴力に狂奔したセクトの人間とは別の、自らの疎外感からの脱出を求めて運動に加わった、一途な学生たちの命の燃焼であるように思えていた。

だが、その感傷的な思いは、彼女の言葉でまたもや断ち切られた。

「でもあなたはバリケード派ではなかった。なのに、なぜ運動から手を引いたの？」

そう彼女が問いつめてきたからだった。

「自分の属していた組織もまた試験管にすぎないことがわかったからです」

その返答に彼女は大きくうなずいた。だが、再び強い調子で問いただしてきた。

「でもそうだとしたら、私たちが目ざした、全ての人間が自由で平等で、どんな差別や貧困や戦争もない理想社会の実現という目標をあなたはどこへやってしまったの？」

その瞬間、彼は惚けたように口を開けていた。というのも彼女と別れてからの二十年以上もの間に、彼は、理想社会などは永遠に実現することのない空想的な観念にすぎないと思うようになっていたからだった。

いきおい、宙丸の口調も強い調子に変わった。

「典子さん、あなたは、今もそうした理想社会を本気で考えているんですか？　今もまだ、かつて抱いた完全に自由で平等で必要なものが無条件で得られるような社会を胸に抱いているんですか？　でも、そうした社会は童話や詩の世界ではいざ知らず、もともとあり得ないもので、永遠に実現しないものではないでしょうか？」

今度は彼女が呆気に取られたような表情になった。

「かつて僕たちが夢見た理想社会とは、強制力ではない、もともと人間の自然の善意の発露で成り立つものだったはずです。そして、それは、階級の廃絶や国家の死滅による人間の本性、人間性の根本的な変化によってもたらされるはずでした」

「確かにそうだったわ」

「でも、人間の本性は、そうは変わり得ないと思うのです。だからこそ今も、強制力の伴う法律が星の数ほども生産され続けているのではないでしょうか？」

「……」

斜め隣りの家族は、まばゆいばかりのシャンデリアの下で、談笑しながら料理が運ばれてくるのを待っていた。突然、子どもたちが「キャー、キャー」とはしゃぎ始めた。見ると片手に箸を持ったまま、「わたしの勝ちよ。僕が勝った」と嬉嬉としてジャンケンを始めていた。勝った子が、相手から飴を取り上げていた。

——典子はどうかしている。あんなふうにグーやチョキを出して遊んでいるあどけない子どもにも、その内にはすでに椅子を奪い合ったり、兄や妹に勝って飴を奪おうとする抑えがたい衝動が渦巻いているではないか。猿山のボスになりたいという衝動にも似たものが渦巻いているではないか。理想社会とは相容れない権力への意志にも似た欲望が芽吹いているではないか。典子にはそれが見えないのだろうか？

彼は黙ったまま、ビールのグラスに口をつけた。テーブルに長く置きっ放しになっていたビールは、生温く、気色の悪い感触を彼に伝えてきた。その感触に、彼は自分の話の中に潜む後味の悪さを重ね合わせていた。

押し黙っていた典子が口を開いた。その顔は少し青ざめていた。

「宙丸さん、そんなふうに理想社会などあり得ないと思うようになったのは、あなたが運動に挫折したことからきていると私は感じるわ。おそらく、あなたが絶対と考えていたものが実はそうではなかったということを体験したことから、そういう考えになったと思うの。きっとそうよね」

まさに図星だった。確かに彼は彼女と別れた後、苦い挫折を味わい、自分が信じていたものを喪失したのだった。

今度は、彼が貝のように沈黙した。

だが、典子の指摘はそれにとどまらなかった。彼女はたたみかけるように言葉をぶつけてきた。

「あれほど理想社会を語っていたあなたが、どうしてそんな考えになったの？　なぜあなたはそれを失ってしまったの？　私も以前と違って理想社会を目ざそうという考えをなくしてしまったけど、それが実現すればいいなとは今でも思っている。あれほど希望と熱意に燃えていたあなたが、どうしてそれを捨ててしまったの？　ねえ、どうしてなの？　教えて！」

彼は何も言えず、ただ押し黙ったままだった。

「あなたがこれまで行ってきたことや考えてきたことをもっと詳しく話して！　なぜ、あなたが信じていたものを失うに至ったのかを。私はあなたのことをもっと知りたい気持ちだし、そのことで自分がかつて遭遇した気の狂いそうな事件のことをもう一度突きつめてみたい気がしているのよ」

典子は、そう何度も懇願した。その声は、切羽つまったように上ずり、目には非難の色さえ滲んでいた。これまでにない調子のものだった。彼は、彼女の顔をまともに見れない息苦しさに襲われた。彼女のその泣かんばかりの声が、理想社会という目的を喪失した彼に、「敗北者」の烙印を何度も押しつけているように思えたからだった。しかも、宙丸はその時、彼女が思わず漏らした「気の狂いそうな事件」という言葉に、全身が鞭で打たれたような衝撃を受けていたのだった。

――気の狂いそうな事件！

あの日だ。午前三時頃にアパートに戻り、自分に抱いて欲しいと訴えてきたあのクリスマスイブの日だ。あの日、彼女に何があったのか？　気が狂いそうな事件とは何なのか？

宙丸は彼女の顔をのぞき見た。そこにはあのクリスマスイブの夜、アパートの部屋の玄関で冷たい外気とともに、唇を歪め、眉を皺寄せていた表情にも似た苦悶の色が見てとれた。

――やはり、あの日、重大なことがあったのだ。彼女自身が気の狂いそうな事件と言わなければならないような事件が…… 決して口に出したくない事件が…… おそらく、それは彼女のその後の意識に甚大な影響を与えたのではないのか？ 再会した時から、精神的に不安定な印象を与えているのはそのためでもあるのか？ 一体、その日、何があったのだ。なぜ、そのことを彼女は率直に話せないのか？

典子はなおも懇願し続けた。

「あなたは人間の意識や観念の倒錯性というものに、恐れにも似たものをもっていると思うの。それはこれまでのあなたの話から私にはわかるの。そしてそれは、私が遭遇した事件の原因や背景にも関わってくることでもあるの。話して！ あなたの考えが、なぜ、そしてどう変わっていったのか話して！」

まるで彼の全てを奪い取ろうとするかのように、彼女は、執拗に彼に懇願した。今日、この場で、典子から彼女の事件のことを少しずつでも聞き出そうと思っていた自分の立場が完全に逆転し、自分が問いつめられていることに彼は呆然となった。

テーブルの間を蝶のように飛び回っていたボーイが、彼らのテーブルにやってきた。うつむいて、ひたすら自分の膝だけを見ている彼に感染したのか、恐る恐る、水だけを取り替え、逃げるように去っていった。

かつて経験したことのない、痛みが宙丸を襲っていた。典子の言葉が、鋭い切っ先となって彼の閉じられた内部に切り込み、眠っていた彼の挫折の苦痛を呼び覚ましたのだった。だが、その痛みに耐えているうちに、次第に彼の内部から、その後の彼の考えの大きな転換点となったその体験を吐き出し、自分を空に舞い上がる羽毛のように軽くしたいとの衝動が湧き上がってきた。それを吐き出すことは、典子が遭遇した「気の狂いそうな事件」を彼女に語らせる呼び水に、あるいはなるかもしれないとの考えも彼の頭をかすめた。

宙丸は、ようやく、これまで誰にも打ち明けたことのなかった自分の挫折の体験を、思い切って彼女に話してみようと決心した。

天井から吊されたシャンデリアに一瞬目をやった後、彼は典子に向き直った。

# 二

のどかな海が見える伊豆の旅館に、宙丸たちの歌声が響きわたっていた。あの東大闘争でバリケード派を打ち破り、ついに学生処分の撤回と大学運営への学生参加を勝ち取った宙丸たちは、皆で肩を組んで国際学連歌やワルシャワ労働歌、インターナショナルなどを歌い、シュプレヒコールを叫んで、大いに気勢を上げた。

それは、闘争が一段落してまもない、若葉が燃えるように色づき、誰もが生の息吹を感じていた五月のことだった。彼が加入していた改革同盟によって、一泊合宿が催され、宴会場で余興の場が設けられたのだった。

その高揚の中で、宙丸たちは大学民主化を進める改善派と改革同盟、さらにはS党の路線の正しさを実感していた。そしてそれらへの信頼からこの国の変革とその先にある貧困も差別もない、真に自由で平等な理想社会への憧憬を一層強めていた。

余興の最後に二人の仲間の女性が舞台に駆け上がり、現在の彼から見れば、陳腐なプロパガンダでしかない「理想社会」と題する詩を朗読した。

理想社会

それは、人間がこの世に生み出した至高の社会だ。

あたり一面に極彩色の花々が咲き乱れた、この世の楽園。

みんなが協力し合い、働き、大きな争いもなく、人間の欲望や利己心や闘争心が陶冶《とうや》された社会。


戦争もなく、階級もなく、人々を抑圧する国家もない。

貧困に縛りつけられることもなく、差別もない。

輝く光をいっぱいに、人々は今日も生を謳歌する。


何ものにも縛られず、人々は今日は狩りをし、明日は漁。

能力に応じて働き、必要に応じて受け取れる、限りなく豊かな社会。

文化と芸術が花開き、人間の全面的な発展が保障された地上の楽園。


それは動物の国から決別した、人間が必ず辿り着くことができる究極の社会だ。

その実現に向けて、命を捨てることも私たちは厭わない。

どうしてそれを厭うことがあるだろう。

どうしてそれを恐れる必要があるだろう。


抑揚をつけた伸びやかな声の朗読に、彼らの感性は一つに束ねられ、その場の雰囲気は最高潮に達した。彼らは熱に浮かされたように、自由で平等な理想社会への憧憬を強めた。

それは何と童話的で牧歌的な詩であったことだろう。何と観念的な幼稚さに満ちあふれた詩であったことだろう。まさにそうした童話性、牧歌性、観念的な幼稚さと、ある意味でのわかりやすさこそがコミュニズムが世界中の人々を魅了してやまない巨大な磁力だったのだ。ちょうど全ての宗教が、つまるところきわめてわかりやすいものであるかのように……

だが、まるで不良商品のピーアールのような、良いことづくめの理想社会への憧憬の真っ只中で、宙丸は誰にも気づかれないように、そっと目を伏せていた。理想社会への憧憬を抱く一方で、すでに彼の内には、それへの根本的な疑念が芽生えていたからだった。

それは、あの東大での拉致事件が呼び起こしたものだった。

実は、あの時、バリケード派に拉致される前にも、彼は母校のＷ大で何度も暴行を受けていた。授業に出るために校舎に入ろうとしただけで、ゲバ棒を手にした彼らの待ち伏せテロを受け、額を割られて目に流れ込んだ血で、ものが見えなくなったことも一度や二度ではなかったのだ。彼らのあまりにも理不尽で狂信的な暴力に、彼は腸《はらわた》が煮えくり返るような憎しみを感じていた。

そして東大で彼らに拉致され、リンチを受け、意識を失いかけた時、彼は、母校での体験と重ね合わせ、ああ、連中もまた集団ヒステリーに罹っている。狭い集団の中で、自分たちの都合のいい歪んだ情報だけを与えられ、自分たちの考えを絶対だと思い込んでいるという思いが頭をよぎったのだった。

けれども、そう感じたことは、彼にとってきわめて重い意味をもっていた。なぜなら、それをきっかけに、「あるいは自分もまた、大なり小なりそうした状況に置かれているのではないのか？　自分はそのことに全く気づいていないのではないのか？」という豆粒ほどの小さな疑念が初めて彼の心の片隅に芽生えたからだった。そして、一度そうした疑念が生じると、もはやそれは打ち消しようがなく、まるで真夏の空に湧き上がる入道雲のように、むくむくと彼の心の中で膨れ上がっていった。

彼のその疑念は、不幸にもほどなく的中した。合宿を終えて一年ほど経ったある時、全く予想もしなかったことが起こったのだ。あの東大闘争で果敢に彼らの指揮を取り、S党員でもあった岩田さんが、突然連絡を断って消息不明になってしまったのだ。

仲間たちは、数日間八方手を尽くして彼を捜した。だが、一向に手がかりがつかめなかった。すでにその時、岩田さんと何でも相談できる間柄になっていた宙丸も、何か新しい情報が得られないかと、その日も大学の自治会室に足を運んだ。すると、部屋中に怒号が飛びかっていたのだった。

「何かあったんですか？」

彼は、少し間延びした調子で問いただした。

「佐伯、お前、岩田の情報を何にも知らないのか！」

常に学内S党の中心人物で、尊大な言動で知られた宮坂が彼の鈍感さを厳しく指弾した。

彼らは、彼に対して、改革同盟の組織の内部でクーデターらしき計画があり、そのために改革同盟の多数の幹部がS党に身柄を拘束され、尋問されるといういわゆる査問事件が発生したことを告げた。そして驚くべきことに、その中にはあの岩田さんも含まれているのだと口々に声を荒げたのだった。

「そんなバカな！　そんなはずはない！」

宙丸は仰天し、思わず大声で叫んでいた。

「佐伯、おまえはS党の中央を信じないのか?」

宮坂は、針のような尖った視線を送りつけ、彼への憎悪を剥き出しにした。

その横にいた、宮坂にいつも追従するチョビひげの鎌田も、ねめ回すような目で宙丸を見た。ほかの者は、ただうつむいたまま沈黙していた。

査問とはもともとはキリスト教の異端尋問から発した言葉だったが、この場合の「調査」と称した査問は、当事者を「自白」させるために、外出どころか家族や友人との連絡さえも禁じた明白な監禁行為だった。

クーデターを企てたかどうかの真偽はともかく、人権の否定ともいえるそうした暴力的な「調査」のやり方は、宙丸には全く想像もできないことだった。しかももっと驚くべきことに、そうしたやり方を公然と批判する幹部や党員は、皆無だったのだ。

それは何と不可解な光景だったことか!　何と奇妙な光景だったことか!

あれほど日頃から確信に満ちた口調で、自由と民主主義を語り、権力の醜悪さを糾弾していた党員たちが、まるで甲羅に身を縮こませる亀のように、一斉に口をつぐんでいたのだった。それを見て、これまでのS党への彼の憧憬は、一瞬にしてズタズタに引き裂かれた。

その後何日か経って、ようやく岩田さんは「解放」された。宙丸は、すぐさま大学にほど近い彼の下宿を訪ねた。

「佐伯、随分心配かけたな」

岩田さんはそうすまなそうに声をかけてくれた。

だが、いつも微笑を絶やさなかったその顔は、苛酷な尋問のせいで、頬が痩《こ》け、髪にはこれまで決して見られなかった白いものさえ混じっていた。そして宙丸は、その時初めてS党の極端な閉鎖性と抑圧的な体質を強く意識し、その主張を簡単に信じ込んではならないという気持ちにさせられたのだった。

そうした宙丸の失望を裏づけるように、S党ではその後さまざまな問題で、幹部の処分が頻々《ひんぴん》と行われていった。そして、その度に、機関紙には処分された者を断罪する「理論家」たちの論文が山のように積み上がっていった。処分された者へのそうした一方的なやり方に強い不信の念を抱いた宙丸は、ある時、その「理論家」たちの論理を吟味してみようと思い立った。すると、驚いたことにそこから必ず、ある決まった短絡的な思考パターンがいくつも浮かび上がってきたのだった。とくに驚かされたのは、ある事実Aから生ずる結論が、B、C、Dと複数考えられる場合でも、CとDをほとんど考慮することなく権威主義的に

「Bであることは明白である」と断言してしまう手法だった。そこでは権威や権力が具体的な真理にすり替わっていたのだ。その時、彼は、そこに権威や権力を笠に着た粗雑で、甘えた思考を見出し、あたかもうす汚れたベッドの上に長々と寝そべっている怠惰な赤い牛の姿を見た思いがしたのだった。

それにしても、なぜS党の指導者はかつての仲間にそうしたやり方を何のてらいもなくできるのか。彼にはそれが不可解だった。が、ほどなくある確信に近い考えが生まれてきた。

――そうしたやり方は、彼らの権力意識によるだけでなく、自分たちが絶対的に良いことのためにそれを行ったという意識から生まれてくるのではないか？　そして一度絶対性が掲げられ、それに何らかの権力が結びつけば、全てが正当化され、ほかの考えや人間関係は全く取るに足らないもの、誤ったもの、あるいは異端などとレッテルが貼られ、迫害され、粛清されるのは必然ではないのか？　これは理想社会に至るために必要な犠牲だ。暴力や殺人という手段を取ることもやむを得なかった。必要悪だ、などという具合に……

しかも、その時彼は、そうした考えが、理想社会の実現を口実に自らを絶対化し、無実の人間を大量に粛清してきたスターリニズムの思考パターンと同じであり、もともとは、コミュニズムがもつ絶対的な性格から生じたのだと思ったのだった。

宙丸は、厳しい査問を受け、その頃大学院に籍を置き、彼にとって替えがたい相談相手になっていた岩田さんに自分のその考えをぶつけた。

「君の言う通り、絶対性こそがコミュニズムの力の源泉であり、悲劇の源泉でもあるのです。それだけでなく、そうした思想は十字軍遠征や異端尋問などを行ったキリスト教を初め、多くの宗教や急進的な思想にも共通したものなのです」

岩田さんはそう言って、さらに、それらの絶対的な観念はいずれも、権力者による粛清を正当化する役割を担ったことを詳しく説明してくれた。

その言葉で、彼はわずかながらも初めて自分の考えに自信らしきものを得た思いがした。そしてあの査問事件をきっかけに、岩田さんには、絶対観念にまつわる全ての問題が氷解していったに違いないと思ったのだった。それに刺激されて、その後彼は、粛清の歴史の探求に前のめりになっていった。次第に彼は、自分が加入している組織と、その中にいる自分を断罪するという行為に、マゾ的な喜びさえ感じていったのだった。

そうした時、さらに宙丸は、粛清された人間が、そうした粛清にほとんど何の批判も抵抗らしい抵抗もしていないことに、非常な不可解さを覚えたのだった。

――なぜそんな不思議なことになってしまうのか？

それは粛清する指導者や組織への恐怖心によるだけでなく、彼らもまた絶対的な観念によって呪縛され、洗脳されていたためではないのか？　そのために、むしろ自分たちの指導者を真理の体現者として崇拝し、逆に自分たちのささいな問題点をも自分で責め立て、理想社会への道を妨げた者として自らを断罪してしまうからではないのか？　それが粛清に拍車をかけたのではないのか？

その時、宙丸は、かつて、典子のアパートで読んだあの「動物農場」を思い起こした。

——あの小説では、三羽のメンドリが、「反逆者」であり亡命者のスノーボール（豚）にそそのかされたという夢を見ただけで自分に罪を感じ、自分の処刑を許容してしまった。ただ夢で見ただけで……　また一羽のガチョウが取り入れの時、小麦の穂を六つくすねて、夜、こっそり食べたことや、一頭の羊が水飲み池におしっこをしたという、たったそれだけのことで罪を感じ、やはりボスのナポレオンによる自分への処刑を認めてしまった。洗脳は、そのように強い自責の念を、倒錯した意識を呼び起こすのだ。自分の精までも吸い取られ、イワシの頭まで拝む心境にさせられ、自らを喪失してしまうのだ。その結果、実際には行ってもいないことまでも、行ったと「告白」するという、奇妙奇天烈な現象すら生ずるのだ。あの粛清が大した抵抗もなく遂行できた秘密はそこにあったのだ。

――まさに呪縛と洗脳なのだ！　呪縛と洗脳こそがそれを可能にしたのだ！　そして絶対的な理想社会を夢想している現在の自分たちもまた、大なり小なり、そうした状況に置かれているのだ。

そのことに気づいた日の夜、床に入った宙丸の脳裏に、何百万人、何千万人、いや地球全体では何億人にも及ぶおぞましい粛清の光景が、まるで亡霊のように次々と浮かんできたのだった。彼は、矢も楯もたまらず、枕元に置いてあった鉛筆を手に取り、窓から差し込む薄明かりの中で、その光景の一つ一つを書きなぐっていった。

個人崇拝と秘密警察による思想監視。それによる深夜の訪問と逮捕劇。国民の相互監視と密告の奨励。子による親の密告。家族などを人質にとっての自白の強要。裁判によらない刑の執行。強制収容所への家族ぐるみの移送と強制労働。食料不足による飢餓と動物以下の生活。銃殺や撲殺、生き埋めによる刑の執行。党組織を通じての裁判所や各種機関、団体への決定力の行使。その操縦と実質的な支配。ピラミッド型の組織による党員支配。異論の封殺と情報の独占。言論、出版の自由の抑圧と禁止。移動の自由の禁止。職業選択の自由の禁止。自由な選挙の禁止……

——まさに、ナチスのユダヤ人大虐殺よりはるかにまさる、何ともおどろおどろしい世界ではないか！

この途方もない災禍は世界のいたる所で吹き荒れたのだ。人間の大いなる自由と解放を目ざした集団がなぜかくも非人間的で逆転的な所業をなすに至ったのか？　それもこれもその思想を絶対化し、それを信奉した人間が自らを絶対化したからではなかったか！

そう宙丸は思い、たとえ、その思想に現存社会への積極的な批判が認められるとしても、自らを絶対化したことで生み出されたその巨大な洗脳と呪縛の構造は、それよりも何千倍、いや何万倍もの災禍を人類にもたらしたことに慄然としたのだった。

絶対に正しく、善と主張する思想は、悪をしか生み出さないのだ。なぜなら、それは絶対に善だという価値意識や美意識で塗り固められているために、それ以外のものを排除し、その行動には歯止めが効かなくなるからだ。それは、熱意から熱中へ、熱中から狂気へと恐怖の坂道を転げ落ちていくことを宿命づけられているのだ。悲惨な結果を招いた意識や行動には、全てそうした絶対観念がまとわりついているのだ。

彼は、そう確信したのだった。

伊豆での合宿が行われた二年後に、再び伊豆で改革同盟の合宿が催された。だが、もはや宙丸は、何の感動も得ることができなくなっていた。その時彼は、革命歌を歌い、盛んに拍手を送っている仲間が、河のはるか向こう岸にいて、その河幅がますます広くなり、流れが急になっていくように感じていた。それればかりか、彼は、仲間の誰にも気づかれることなく、心の中でこうつぶやいていた。

「自分はもう元に戻れまい。もう永久に元に戻れないだろう」

多くの仲間からはずれた道をのろのろと歩みながら、その時、彼は、このまま進めば自分は、いずれ必ず、決定的に、仲間から離れることになるだろうとの暗い予感を抱いていた。次第に彼は、いつとは知れぬ、遠い未来にまばゆいばかりの地上の楽園を信じる赤牛の集団から、一頭だけはずれた黒牛のように自分を感じていった。自分の皮膚から除々に赤毛が抜け落ち、黒い色に変わっていくのを、もはや彼には止めようがなかったのだ。

宙丸は、レストランのテーブルのビールグラスを見つめた。その白い泡に、虚しく消えたかつての夢想を見る思いだった。

典子が眉を寄せて口を開いた。

「今までのあなたの話から、絶対的な観念に囚われた人間がどんなことでも行ってしまうとの空恐ろしさを感じるわ。当時、私もまるで麻薬でも打たれたように脳が麻痺していたと思うの。自分の考えが異常だという意識は出て当然なんでしょうけど、集団の中にいると見えなくなって、なかなか湧いてこないの。また仮に見えても自分でうやむやにしてしまうの。結局、自分がかわいいからなのね。本当に情けないことだわ」

「……」

「かつて、私がいたセクトが唱えた大学コンミューンという考えも、大学を絶対自由の王国という一種のユートピア状態にしたいということだったと思うの。そうした自由の観念は確かに魅力あるものかもしれないけど、そのために多くの悲劇を生んでしまって……私たちバリケード派は、多くの患者がいる病院や図書館や教授たちの研究室までも封鎖し、そこにあった書籍を持ち出したりして、破壊と暴力の限りを尽くしたわ。それは許しがたい行為だったのに、確かにそこには罪の意識は希薄だった。それはあなたが言うように、自らを絶対化したことから、日常的な倫理というものを、相対的で状況次第でどうでも変わるものと信じ込んでしまったことにもよると思うの。そのために何をしても自由だという、現実感と自分を喪失した完全に倒錯した意識に浸されてしまったのよ！」

彼女の声は、悲痛で、まるで泣き叫ぶようだった。

その声で、宙丸に、またもや、あの狂乱と喧騒に満ちた闘争の光景が甦ってきた。

絶叫と怒号。憎悪と暴力。破壊と狂乱。武装と衝突……

槍のように尖った当時の絶叫が、彼の心を容赦なく突き刺すようだった。

——バリケード派は、「狂気」、「日常性の否定」、「自己否定」の名において、この社会の価値の逆転を図ろうとしたのだ。だからこそ典子が言うように、病院封鎖や図書館封鎖を行うことにも戸惑いを見せることもなかったのだ。それはスターリニズムと同じではないが、確かに絶対観念から生じた倒錯した意識だった。自己絶対化の意識でもあった。そうした意識からすれば、封鎖や暴力も何ら問われることのないものだった。彼らは政治的、社会的、倫理的なありとあらゆる制約を粉々に打ち砕き、自らの我意を押し通したかったのだ。そしてそれを、自らの自由の実現と錯覚したのだ。

自分たち改善派もまた絶対的なものを抱き、彼らと共通するところも多かった。状況次第では、バリケード派と同様、倒錯した意識を常態化させる危険性をはらんでいた。

——歴史上の大量粛清は、まさにそうした絶対的で倒錯的な意識が引き起こしたものだった。それに似た倒錯した意識は、現在も消滅していないばかりか、むしろ勢いを増しているのではないか？

宙丸は、暗澹とした気分になった。そして、それを振り払うかのように、ガラス窓の曇りを右手で拭おうとした。

その彼の手が突然止まった。ほんの少し前に典子がかつての仲間の意識を非難したその口調に、これまでにないほどの嫌悪の感情が込められていたことに気づいたからだった。嫌悪というよりも憎悪に近いものを彼は感じたのだった。

彼の頭の片隅にある疑問が浮かんだ。

典子は、そうした倒錯した意識を、ただ一般的に批判したのではなかったのではないか？典子の漏らした「気の狂いそうな事件」とは、まさに、そうした倒錯した意識によって引き起こされたのではないのか？

三

レストランはようやく静謐な空気に包まれた。例の子どもたちも騒ぐのをやめ、静かに食事を続けていた。

典子が、前とは打って変わったすまなそうな口調で口を開いた。

「あなたが今までずっと話してくれたことは、私にもわかりすぎるほどわかるわ。だって私もかつて一年間だけだったけど、同じような組織にいたんですもの。でも今まで話してくれたそのことだけで、あなたは理想社会の実現という目標を捨てたわけではないわよね。あなたはさらに身を切られるような思いをし、自分のそれまでの考えを変えていったのよね。それを話して！」

驚いたことに、そこまでで自分の長い話を終えようとしていた宙丸に、典子は、なおも執拗に話の先を求めたのだった。

彼はその執拗さに何か異常なものを感じた。ただ、彼女が言った通り、彼は確かに身を切られるような思いをしていたのだった。それは今でも彼には思い出したくない、岩田さんの悲惨な事件が呼び起こしたものだった。彼は自分の話がさらに長びき、苦痛の伴うその話を語ることにまたも躊躇したが、典子の勢いに押され、再び口を開いていた。

二回目の合宿からさらに一年ほど経った時だった。

ある日、宙丸は、結果的に濡れ衣にすぎなかったにもかかわらず、あの査問事件以来、組織から何かと疎んぜられてきた岩田さんが、過去二年間にわたって、ただ一人、S党の支部のリーダーの選挙に立候補してきたという話を耳にした。

――上からマークされ、白眼視されるのを覚悟してのことに違いない。

なぜなら、上部の考えが絶対視されているはずのS党では、常に上部からの推薦による信任投票がまかり通り、立候補はタブー視されているに違いないと思ったからだった。

岩田さんは、異なった意見をもつ者を事前に排除できる、そのやり方を改めない限り、S党はスターリニズムの呪縛から解き放たれないと考えているのだ、そう彼は直感した。

彼は、岩田さんの下宿を訪れ、詳しく話を聞こうとした。だが、彼を迎えた岩田さんは、足の踏み場もないほど本にあふれた四畳半の下宿の壁にもたれ、自分の立候補についてはS党内部の問題であるためか何も語ろうとはしなかった。

ただそれでも、立候補のタブー視はその集団の活性化を妨げないか、という彼の一般化した問いに、ようやくこう答えてくれたのだった。

「君の言う通り、絶対的な観念に支配され、選挙や競争を悪しきものとする考えは、自らを競争の圏外に置くことで、社会に対して自らを閉鎖的にし、甘いものにし、一人よがりにし、幹部をはじめそのメンバーをも試験管の中のもやしのようにひ弱にしてしまうのです。また、そのシステムのもとでは、ほとんどの人事が実質的に、事前に上で決められ、密室で行われるために、よほどの大混乱かクーデターでも生じない限り、新しい考えをもった指導部に生まれ変わることはないのです。その結果、どこかの国のように、ごく一部の指導者による独裁と、一種の世襲にも似た体制が作り出されてしまうのです」

その考えに強く共感し、その後少しばかり雑談をして部屋を出ようとした時だった。突然、岩田さんは、これまでにない冷ややかな言葉を、彼の背中に浴びせてきたのだった。

「これからは僕にしばらく連絡しないで欲しいんだ」

その言葉に、これまでずっと岩田さんの党活動に協力もし、行動をともにしてきた彼の胸は、一体どういうことかと騒いだ。

実はその時、S党内には大会を機に、ピラミッド型の運営の民主化を求める声が沸騰していたのだった。そうした動きは、これまでも知識人層を中心に常に存在したものの、それらとは比較にならないほど大規模なものだった。いつかS党も改革される時がくるかもしれないと一縷の望みをもって組織に踏みとどまってきたであろう岩田さんもまた、改革の最後の機会と考えて意見書を党に提出していたのだった。

査問にこそならなかったが、予想に違わず、上部から派遣された専従員が会議に出てきて、机を叩きながら大声で糾弾し始めた。その後、「誤った意見の清掃」と称する弾劾が、全国的な規模で実に一年以上にもわたって執拗に続けられたと彼は耳にした。

とくに岩田さんの文書には当時の最高指導者の見解への批判があったため、彼は徹底的に攻撃された。これが、どんな地位の人にも自由に意見が言え、批判もできる党、と公言してきたS党の実際の姿であり、理想社会の理念とは全く逆の、彼らの自由の内実であることを、彼はその時、嫌というほど認識させられたはずだった。

岩田さんがほどなくS党から離脱したと宙丸が耳にしたのは、それからさらに半年以上も経ってからだった。

そうした彼の動静を知るにつけ、宙丸はS党にはもはやどんな期待も抱いてはならないと思うようになっていた。意見の相違をそうした暴力的なやり方で解決しようとすることは、時代から大きく立ち遅れており、大きく見ればこの国の発展を阻害するものでしかないと考えたからだった。

S党へのそうした失望とともに、宙丸は、次第に、コミュニズムを千年王国的なユートピア思想にすぎないと考えるようになっていった。それは、人間の真に自由で平等な社会という、今日に至ってもなおその到来の必然性が証明されていない地上の楽園を指し示し、無数の人間を魅了した。だが、その思想は、歴史の最終段階には一千年間続く神の国が到来するという千年王国思想に酷似していることを、ある時、彼は気づいたからだった。

——あの思想は、科学性を装ったユートピア思想の一つにすぎないのではないのか?

彼の胸に、活動家が決して抱いてはならないはずの、途方もない疑念が湧き上がっていた。

——あの思想は巨大な物質的な生産力を基礎に、その彼方に真に人間的な社会、文化や芸術が花開き、人間の能力の発展が自己目的である自由の王国を構想した。だが、よくよく考えてみると、物質的な生産力の巨大な発展を基礎にせざるを得ないということは、人間は究極的には物質的なものに規定され、それから脱し得ないということと同じではないだろうか? 物質的な欲望から自由になり得ない存在だというのと同じことではないだろうか? そうであれば、その主張は、結局、人間はどこまでも自分を超越しようとし、超越できると夢見るだろうが、永遠に物質的な生産や欲望の軛《くびき》から逃れ得ない存在であり、本質的に自由たり得ない存在だと言っているのと同じではないだろうか?

そう彼は思ったのだった。

してみれば、理想社会と言ってみても、何もそれほど理想とするほどの社会とは言えないのではないだろうか？　少なくともそれは、人間の本質が根本的に転換したといえるほどの社会ではない。生産力の発展を前提とする以上、むしろそこでは人間の欲望や競争が一層増大するとも考えられ、それに伴う組織的な犯罪ももっと増えているかもしれない。それらを抑止するための法律もさらに増え、結局は警察も軍隊も存在するごくありきたりな社会でしかないだろう。国家の死滅などはどこから見ても空論でしかないだろう。

「要するにそれは、今の社会の延長線上にある社会でしかないだろう。絶えず欲望にまといつかれ、悩まされ、いつもそれらによって悲鳴を上げている社会なのだ」

宙丸の口から苦しげな声が上がっていた。

それについて彼は岩田さんと話してみたかった。だが、それはもはや不可能なことだった。

岩田さんは、S党から脱退してしばらくすると、これまで積み重なってきた心労のためか、身体の変調をきたし、ついには大学院を中退せざるを得なくなっていた。自分一人で授業料から生活費まで全てを賄っていたからだった。そして小さな出版社で営業マンとして働き始めてからわずか二ヵ月後に、もはやこの世でやるべきことはなくなったとでも言うように、交通事故に遭遇し、アッという間に亡くなってしまったのだった。宙丸と会う約束をしていた三日前のことだった。

「何ということだ！　あんなに勇敢で誠実で優しく、兄のようだった人がどうしてこんな目に遭うんだ。どうしてなんだ！」

その知らせを受けた時、宙丸は、下宿の部屋の壁に向かって自分の拳を何度も叩きつけていた。拳が割れ、暗い部屋の中で、黒ずんだ血が滲み出ていたことにも気がつかないほど彼は錯乱した。東北のＩ県で行われた通夜にも葬儀にも出席したが、彼は自分の父の死の時にも流さなかった涙を流した。彼にとっては大学に入って以来、岩田さんはかけがえのない相談相手であり、常に一心同体の肉親以上の存在になっていたのだった。

――あんなに純粋な岩田さんであったればこそ、こんなにも早く、しかも事故死という純粋な死によってこの世から去っていったのだ。そうした人間ほど、鷲に襲われた小兎のように、あっけなく命を奪われてしまうのだ！

その後、およそ二ヵ月にもわたって、宙丸は呆然自失となり、自分の下宿に閉じこもり続けた。

全てが終わったように思えていた。何かをしようとする気力はもはや完全に彼から消え失せていた。

彼は改革同盟から脱退すべきではないかと、本気で考え始めた。もはや自分には心から相談できる相手は誰一人いない。何よりも自分の考えは、この数年間で途方もなく変わってしまった。もはや改革同盟やS党やその仲間にも何の魅力も感じなくなっている。コミュニズムに対しても、それが誤った考えであると思うようになっている。自分が誤っていると考える組織にいつまでも所属することは、自己欺瞞でしかないのではないか？

そんなことを、彼は毎日際限もなく反芻し続けた。

その中で次第に宙丸は、岩田さんが自らの死によって、彼を組織の呪縛から解き放ってくれたような気がしてきたのだった。

「佐伯、もう自由にやれよ。僕の分まで自由にやれよ」

と自分に誘いかけているように思えてきたのだった。

冬が忍び足で近寄っていた、どんよりと曇った日の朝だった。彼は、これまで閉めきりだった下宿の部屋の雨戸を全て開け放った。庭は一片の隙間もないほど、朽ちた落葉に覆われ、露に濡れて、まるで彼の心の底を見透かす目のように光っていた。そしてすっかり葉を落とした枝にわずかな赤い実さえも残さず、丸裸になった柿の木に自分を重ね合わせ、心の中でこう叫んでいた。

――自分は途方もなく愚かだった。井の中の蛙だった。視野があまりにも狭かった。若いということは理想を追い、正義感に満ちあふれているということだろうが、そうであればこそ、それは現実への適応力が弱く、視野が狭いということでもあるのだ。物事を直線的に、道徳的に見てしまうのだ。そもそも当面の学生運動が前進したり、勝利することと、遠い未来の理想社会の実現性の間には何ら必然的な関連はないはずなのだ。それをあたかもあるかのように錯覚し、情緒的に信じ込んでしまったことが誤りだったのだ。

コミュニズムや宗教など絶対的なものを掲げる思想は、反道徳的といわれるものや非道徳的と考えられるものを厳しく断罪するが、そのことで、若者の特性や生理にピッタリ一致するものをもっていた。だからこそ、自分たちはそうした観念に無抵抗になり、呪縛され、自らを喪失していったのだ。こうしたユートピアの絶対観念は、不安に満ちた多感な若者の心に巧みに食い入り、我を忘れさせる恋の魔力のような力をもっていたのだ。

その時、彼の頭に、かつての伊豆の合宿での詩が甦った。

――あの詩のような牧歌的な世界に憧れるのは自由だが、そうした社会が必然的に到来するとしたり、現実政治の目標とすることは全くの見当違いなのだ。コミュニズムは、宗教はアヘンだと批判したが、それ自身もまた、世俗的な擬似宗教ともいえる性格と構造を具えているではないか。人間の常識的、日常的な思考を、理想社会を掲げることで否定し、逆転させ、絶対性を装う「科学的」宗教だったではないか。まさにそれによって現実への目が曇らされ、歪められて、絶対的なものを頂点とするいわば政教一致体制のような巨大でグロテスクな独裁権力と、想像もできない悲惨な事態が生み出されてしまうのだ。そしてそうなってしまうのは、そもそも人間が救いを求めたがる存在だからではないのか。そうした弱い存在だからこそ巨大な観念の陥穽に落ち込み、洗脳され、自己を喪失してしまうのではないのか。だからこそ、それは、途方もなく世界中に広がっていったのではないのか。

彼はそう叫び、自由で平等な社会を熱望して加入した改革同盟を脱退し、再び元の世界に戻っていく決意をしたのだった。そして、それ以来、彼の現実への関心も急速に失われていったのだった。

レストランの外の雨は、相変わらず降り続いていた。

宙丸は、自分の身体の中をうすら寒い風が通り抜けたような気がしていた。自分の挫折の体験を、その否定的なものを吐き出したことで、張りつめていたものが切れたような、何かが自分から落ちたような気がしていた。彼は、もはや典子に彼女の事件のことを聞き出すどころではなくなっている自分に気づいた。彼自身が自分の過去にのめり込み、それに完全に浸されてしまっていることを知ったからだった。

彼の虚脱した様子を見て、典子が励ますように声をかけた。

「あなたが理想社会という目標を失った理由を、私はようやく理解できたわ。さっきは刺々《とげとげ》しく非難してごめんなさい。でも、あなたは貴重な財産を得たのだわ。別の道を歩んでよかった。人間が抱く観念というものの陥穽と不思議さと空恐ろしさを嫌というほど私は感じたわ。私も、ようやく何かこれまでのもやもやした世界から離れ、全く別の世界に行ける踏ん切りがついたような気持ちになった。でも、あなたっていう人は本当に少しも変わっていない。本当に馬鹿よね。いつも子どものような純粋さを失わないで…… 失敗ばかりして。何もかも昔のままよ。でも、あなたのそんなところが、昔から私は一番好きだった……」

彼女を見ると、その目は少し潤んでいるようだった。その突然の告白にも似た言葉に、宙丸は答えるすべを知らず、ただ黙ってうなずくだけだった。

雨はまた幾分強くなっていた。厚いガラスの窓の曇りをもう一度右手で拭うと、夜景が煙ったように泣きそぼっているのが見えた。だが、煙って見えたのは雨のせいばかりではなかった。宙丸は、彼女の言葉で愚かにも自分の目にも涙が滲んでくるのを感じ、彼女に気づかれまいと、急いで目の前のナイフとフォークを手に取り、大きな肉の塊を無造作に口に放り込んだ。

騒々しかった二人の子どもの家族も、そろそろと帰り支度を始めていた。どの顔も、つややかな光沢を帯び、お腹が一杯の満ち足りた笑みをたたえていた。

その時だった。

宙丸と斜めに向き合っていた年上の男の子が、椅子から身をずらし、後ろの壁に振り向いた。

「あっ、ハダカだァ、ハダカだァ」

その子は、突然、そう、大声を上げた。その声で典子が後ろを振り返った。

そこには高層ビル群を背景に、どこまでも続く白く細い道を歩く、一糸まとわぬ裸の若い女性の絵が掛かっていた。その女性は、泣いているようにも笑っているようにも見え、表情が見えない、何とも奇怪な印象を与えていた。

「たかしちゃん、そんなことを言ってはいけません。絵なのよ。絵なの」

母親が、慌てふためき、その子を叱った。だが、その子はなおも「ハダカだァ、ハダカだァ」と、まるで裸の王様でも見たように、一向に叫ぶのをやめようとしなかった。

じっと食い入るようにその絵を見つめていた典子の顔に、言いようのない苦悶の表情が浮かんでいた。唇を歪め、眉をしわ寄せ、呼吸すらも乱れているようだった。一心に何かに耐えている様子で、右手を当てた額には脂汗が滲み、わずかに食べた食物をも吐き出しそうな気配だった。

突然、彼女はテーブルの下に顔を突っ込んだ。

「典子さん！　典子さん！」

宙丸は、椅子から立ち上がって叫んだ。そして大声でボーイを呼び、彼女の背中をさすりながら救急車を呼ぼうとした。だが、彼女は何度も首を横に振って、それを呼ぶことを頑なに拒んだ。彼女の青ざめた表情をのぞき見た彼は、それが、少し前に気の狂いそうな事件があったと漏らした時の表情に寸分も違わないことに気づいた。

疑いが、蛇のように、宙丸の胸の中で頭をもたげた。

――どうして典子はこんな状態になるんだ？　どうしてなんだ。それは彼女が漏らした気の狂いそうな事件や、あそこにある裸の女性の絵と何か関係があるのか？

宙丸の全身に、そう叫び出したい、腸が抉《えぐ》られるような思いが駆け巡っていた。

# 第四章

## 一

おふくろさんよ　おふくろさん　♪
空を見上げりゃ　空にある
♪・・・・・・・・・・・・・・・・
お前もいつかは　世の中の
傘になれよと　教えてくれた　♪
・・・・・・・・・・・・・・・・
・・・・・・・・・・・・・・・・

典子と新宿で会ったあの夜、結局、救急車が駆けつけることもなく大したことにはならなかった。だが、その数日後の店は、乱痴気状態になった。演歌が大好きなダンさんが、右手でマイクを握って「おふくろさん」に声を張り上げたのがその始まりだった。

卒業のレポートを書いてもらったり、年金を仕送りしてもらうなど、彼のように父親の世話になりっぱなしの男は、「おふくろさん」などを歌うよりもむしろ父親に関係する歌の方がいいのだ、と以前、宙丸は本気でカラオケ本で探したことがあった。だが、ダンさんが言うには、そうした生活ができるのも、仕送りを渋る父親の尻を必死の思いで叩いてくれる母親があったればこそで、「おふくろさん」を歌うのは決して間違ってはいなかったのだ。

月に二回ほど顔を見せる三人の中年の女性客がダンさんのその歌を聞き終わると、おあいそを済ませ、上機嫌で帰っていった。

常連の八人だけになったと見たダンさんは、突然、ツツツーと鼠のように部屋の入り口に向かって走り、内側からドアの鍵をかけた。続いて彼は、カウンターの中の宙丸の腕を強引に引っ張り、自分の椅子の前に座らせた。そのあまりのスピードに皆、あきれ返った。

「さあ、いくぞ〜」

ダンさんはそう宣言し、Tシャツを脱ぎ捨てて上半身裸になった。続いてズボンも脱いで、ピンクの縦縞模様のトランクスとグレーの靴下だけの姿になった。

「キャー、イヤだァ〜」

ボックス席の蘭やミチ、モモの口から、何となくわざとらしい悲鳴が上がった。先日、影山さんのために、自分の演技を邪魔されたダンさんは、改めて「バッカード」をやろうというのだった。彼は熊が歩くかっこうで両膝をソファーに突き立てると、両腕を上に伸ばし、やにわに後ろから両手で乳房を揉む仕草を開始した。

「キモチい〜いの、キモチい〜いの」

ダンさんの口から、自分の気持ちとも相手の気持ちともつかない上ずった声が上がった。蘭たちは、再び黄色い銀杏の葉のような声を上げた。彼は委細かまわず、腰を前後左右に緩急をつけて振り始め、さらに回転を加えた。三木さんや安芸田さんたち常連客は、視線をダンさんに集中し、声を上げて笑い転げながら手拍子を打ち始めた。その様子を見た酒井さんは、急遽、ミチとの話を中断し、ボソボソと例のくどき文句を呪文のようにミチに浴びせ始めた。

「キモチい〜いの、キモチい〜いの」

ダンさんは快楽をストレートに表現しようと、ヘビのように舌を巻き上げてアイスクリームがとろけたような表情を作って、動作の速度を早めた。両手をリハビリでもするように、結んだり開いたり、親指と人差し指で摘む動作を繰り返しながら、上体を後ろにのけ反らせ、腰を前後左右に緩急をつけて揺すった。浅く、そして深く突き動かしたかと思うと、次の瞬間には丸い円を描くように大きく、小さく回転させた。その動作を繰り返しているうちに、ダンさんの背中からは玉のような汗が噴き始めた。よく見ると、スキンヘッドの頭や牛のように太い首筋からも汗が滲み出ていて変になまめかしい。自分でも興奮してきたのか、彼が穿いているトランクスの前が異様に突き出ているのが誰の目にもわかった。隣りからはミチに懇願する酒井さんの声が聞こえる。少し離れたテーブルからは、それらを見聞きしている安芸田さんたちの笑い声と手拍子の音も上がっていた。

アッハハ、アッハハ

アッハハ、アッハハ

まるで暗い洞窟の中で、邪鬼たちが車座になって大口を開け、舌舐めずりをしながら宴会をしているような光景だった。宙丸もまた、そうした笑い声や手拍子に合わせ、声を上げ、手を叩いた。ダンさんたちは、店でいつもこうした演技をするわけではなかったが、常に宙丸は客の調子に合わせてきた。そんなふうに、彼はこの仕事を五年間も続けてきたのだった。ビルの最上階にありながら、穴蔵のようなこの部屋で、ただただ目の前の楽しみを求めるノーテンキな酔っ払い客を相手に、その日その日をやり過ごしてきたのだった。

——それも悪くはない。人間には全く無意味と思える仕事や犯罪に近い仕事、いや犯罪によってしか生き得ない人間もいるのだから。理想社会という目標を失った自分には、このような仕事が似合っているのかもしれない。

そう彼は自分に言い聞かせてきたのだった。

だが、意外なことに、その時、彼の心にこれまで感じたことがなかった寒々しい思いが忍び寄っていた。その影はじわじわと砂に水がしみ込むように彼の心を浸しつつあった。自分が単に魑魅魍魎の世界に迷い込んでいるような気がしてきたのだった。彼らの乱痴気騒ぎが、人間の常識や恥や外聞、さらには体裁までをまるで汚れたシャツを脱ぐように投げ捨てさせ、人間の芯をインスタントカレーの具のように跡形もなく溶かしてしまうものに思えてきたのだった。いつしか彼は、周りの声がどよめきとなって、津波のように覆いかぶさり、そのうねりに自分が呑み込まれていくことにあらがう気持ちになっていた。

突然、宙丸は手拍子を打つのをやめ、塩を振られたナメクジのように、力なく自分の膝に視線を落とした。

「終わってるのかもしれない……」

彼の頭の片隅にその言葉が浮かび、思わず口に突いて出た。その意味をもう一度確かめようと、彼はそれを口にしてみた。それは、しつこく彼の耳に絡みつき、垢のようにこびりついて離れようとしなかった。

そのけだるく虚ろな響き。ものごとを停止させてしまうようなその響き。それは先日、税務署で会ったキツネ目の職員や公園で狂ったように啼き叫んでいたアブラ蝉の声や、ひどくしどけないあのレストランの情景を彼に呼びさました。

ダンさんも、酒井さんも、安芸田さんも、そしてこの自分もとうに終わってるのかもしれない。終わってるからこそ、これまで五年もの間、自分たちは一日一日を潰すように笑い転げてこれたのだ。ダンさんなどは独身ということもあって、毎晩、得体の知れない風俗店などでも遊んでいて、その宙に浮いた寄生生活の中で、もはや遊びにしか関心がないようだ。この国が平和ボケしているといわれて久しいが、この店や客は、戦後のそうした自由や平和の意識が抱え込んでいる空虚さの、象徴的な帰結なのだろうか。おそらく皆、自らを喪失し、カラッポになって、もう終わっているのだ。

そう彼は思い、ただ、こうした光景は自分には見慣れたものなのに、なぜ今夜はそれが異様に感ずるのかと自問した。

典子との再会という出来事が、彼の頭をよぎった。

ほぼ二十年ぶりに典子に会い、自分の過去の挫折を語ることができたことで、自分の心に降り積もった垢がいくらか取れ、そのためにこの光景が空虚なものに見えるのかもしれないと彼は思った。

確かに典子と再会して以来、彼は少し変わりつつあった。滑稽なことに、絶えてなかった部屋の掃除や洗濯もすすんでするようにもなっていた。あの新宿のレストランで、典子の健康状態が思わしくないことがはっきりとわかり、しかも彼女の事件の内容がほとんど明らかになっていないにもかかわらず、自分の今後に一筋の光を見出したような気持ちにもなっていた。自分の内部に蠢くものさえ感じ始めていたのだった。

――自分の過去を典子に吸収してもらうことで、長い冬眠を終えた動物のように、自分は再び明るい日差しのもとに出ようとしているのだろうか？　そのために、この場の光景に違和感を覚えるのだろうか？

そう思った時だった。

ダンさんが突然動作を止め、ソファーの上から彼を睥睨《へいげい》し、苛立たしげに言い放った。

「マスター、どうしたんだ。下なんか向いたりして。また学生時代の運動のことでも思い出しているんか？　昔の考えを変えたこと、転向したことでも後悔しているんか？　そんなことばっかり考えているんじゃ、商売にならんぞ。もっと目の前のものを見るんだ」

宙丸は慌てて顔を上げ、再び愉快そうな笑い顔を作った。何かと口やかましいダンさんには、常に自分がこの店の経営者であるような錯覚があった。だが、その彼が口にした転向という問題は、宙丸がこれまで繰り返し反芻してきたことだった。

彼は腕が痛くなるほど肩に力を込め、大きな振りで手拍子を打ち続けながら、ダンさんの非難に心の中で抗議した。

――転向というが、そのことはそんなに恥ずべきことなのだろうか？

むしろ、人間の精神の歴史は、転向の連続だったのではないか、というのが宙丸の思いだった。

――単純な例でいえば、地球とは丸いものではないと思っていた人々は、それが丸いものだと知った時、これまでの考えを百八十度変えた。この国でも江戸から明治に移った時、攘夷が絶対に正しいと思っていた人々は、開国へと考えを変え、また戦後も国家主義から戦後民主主義へと多くの人々はこれまでの考えを変えた。これらは皆、絶対的なものからの一種の転向と言っていいのではないだろうか。いつも狭い環境の中にいる人間の考えは、変わらざるを得ないし、そのことに過剰に負い目を感ずる必要もないのではないか。変わらないということがとくに美しいということでもないはずだ。肝腎なことは、どこが間違っていたか、あるいは不十分だったか、なぜそうした考えに陥ったのかが明確にされることではないだろうか。

実際、宙丸は、自分が理想社会の実現という目標を捨てたことに後悔や後めたさを感じていなかった。いわば毛バリのようなものだった理想社会を失った寂しさや、それに釣り上げられた自分の愚かさを痛感してはいたが、そのことは、それを捨てた後悔とは全く異質のものだった。彼はその問題を十分考えつめ、最後には、あたかも熟柿《じゅくし》が落ちるように、そこからの離脱を決心したからだった。

こうした彼の心情からすれば、倫理的な悪のニュアンスを含んだ転向という言葉は、時代錯誤さえ感じさせるものだった。今では彼は、人間が食欲や性欲や支配欲などの本能的な欲望から脱したり、陶冶されたりして、善意に満ちた存在へと根本的な変化を遂げるとする理想社会は、人間と人間社会を滅亡に導くものでしかないと思っていた。なぜならそれらの欲望は、人間の生存の根底をなしているはずだからであり、人間全体がそうした欲望から脱することはその自殺行為になると思っていたからだった。また、仮にその理想社会が文明社会だとしても、それらの本能的な欲望は、陶冶されることなどあり得ない。今日の文明社会に広範に見られるように、文明はそれらを陶冶するどころか、むしろ文化的な装いをまとわせ、より大規模に、より露出度を高め、いわば剥き出しの形で、この社会に噴き出させるにすぎないと思っていたのだった。

——この店の今のこの状況も、その極小的な反映かもしれない。

彼は、そっとダンさんの芸に目をやった。

それに、実をいえば、彼は、今も、心の奥深くで理想社会とは全く次元の異なった絶対的なものを求めていたのだった。それこそは文字通り絶対的というべきものだった。それは、彼がこれまで胸に抱いてきた自由への希求を、より大胆に実現しようとするものではあった。だがそれを真面目に追求することは、あまりにも愚かしいことと受け取られると彼は考え、これまでそれを他人に口にしたことはなかった。そして彼は、今もそうした絶対的なものを求め続けている自分は、根本的なところでは何も変わっていないのだとも思っていたのだった。

彼が心の中でダンさんに抗議し、反芻している間に、ダンさんは勝ち誇ったように再び興に乗り、ミチや蘭も感極まったように嬌声を上げていた。

アッハハ、アッハハ

アッハハ、アッハハ

店内の雰囲気は最高潮に達し、ダンさんの演技はフィニッシュに近づいた。彼は最後に全ての動作を停止させ、両目をつむり、顔を引きつらせ、悦楽と苦痛の入り混じった表情を作った。それを見た三木さんが、大急ぎで近くにあったティッシュボックスから大量のティッシュを鷲づかみにし、ダンさんに手渡す仕草をした。それを目にした邪鬼たちのアッハハ、アッハハ、という笑い声が一段と大きくなり、タバコの煙でもうもうとした暗い洞窟に充満した。

ダンさんの一人芸が、ようやく終わった。

彼は大満足で額や首や背中の汗をオシボリで拭き取り、脱いだズボンをゆっくりと穿き、黄色のＴシャツを身にまとった。すぐさま三木さんは、蘭を相手に再び話の続きを開始し、酒井さんもミチに例の台詞を繰り返し始めた。

宙丸もまた、いつものカウンターの中の丸イスに戻った。それを見た安芸田さんがそっとカウンターに寄ってきた。

「マスター、この間の印刷所をやめる話だけど、やはりやめることに決めたよ。すっかり気力を失ってしまったんだ」

「この先どうするんですか？」

「まだ決めてないんだ。しばらく休んでゆっくり考えてみるさ。しかし、俺は駄目な男だな。税金のことだけでなく、暗い部屋で細かい活字を追っかけているのが嫌になってしまったんだ。要するに根気が足りないんだ。我ながら嫌になるよ」

それは自分とても同じだ、と宙丸は思った。そして安芸田さんが店を出ていくと、彼の言葉に誘われたように、急に、乱痴気騒ぎに明け暮れているこの狭苦しい洞窟から抜け出したい気持ちが湧いてきたのだった。

彼の脳裏に、かつて典子と暮らした時に想像した、二人で手をつないで広々とした草原を駆け抜けていく情景が淡い虹のように浮かんだ。

――彼女と旅行することの楽しさは言うまでもないだろう。しかも、旅行という開放的な場であれば、ふさぎがちな彼女の気持ちも明るくなり、彼女の口からあの事件のこともっと聞き出せるかもしれない。そしていつもこの部屋で、紫煙を見つめながら、虚ろな気分に浸っている自分もまた、少しは気分を転換できるかもしれない。

宙丸は穴蔵のようなこの部屋を脱け出し、彼女と広々とした青い海を見に行くことを思い描き始めた。

二

十月の半ば、その日は平日だったが、典子の勤めていた高校が創立記念日だということで休みになっていた。宙丸は店を蘭たちに任せ、自分から典子を誘い、日帰りで熱海の錦ヶ浦に行った。

熱海ではロープウェイに乗ったり、城山に登ったりした後、魚見崎へと続く断崖沿いの歩道を典子の手を取って歩いた。やわらかな海の風が、彼らの顔に撫でるような感触を伝えていた。宙丸は微笑を浮かべながら、こんなに浮き浮きした気分になったのは何年ぶりだろうかと、頭の中でその年数を数えた。

時々、二人で百メートルほどの高さのある断崖の下をのぞき込んだ。紺青の深みをたたえた海が、盛んに岩壁に打ちつけ、白い飛沫《しぶき》を散らしていた。

「自殺が多いと聞いているけど、身体が吸い込まれるような感じがするわ。でも、ここからなら苦しむこともないわね」

典子は、幾分不謹慎とも思える言葉を口にし、宙丸の右手を強く握り返した。意外にも典子には初めての場所だったが、彼は、何年か前にここに来ていて、その断崖と海と赤レンガの歩道のコントラストが好きになっていたのだった。

海をじっと見つめていた典子が、ほどなく彼に話しかけてきた。

「ねえ、こんな場所でなんだけど、また少し尋ねていいかしら?」

彼は少し重い気分になったが、うなずいた。

「この間、あなたから改善派の組織から脱退するまでの話を聞いたけど、それからあなたはどうしたの?　もはやそうした問題に関心をもたなくなったの?」

こんな場所で、そんな話を、と彼は思い、足元の小石を力まかせに蹴りつけた。小石は二人の前を二回、三回と逃げるように飛び跳ねていった。

——自分の方が色々聞き出さなくてはならないのだが……

そう彼は思い、あくまでそうした問題を口にする典子に呆れていた。そして、彼女は新宿での話には決して満足しておらず、もっと何か突きつめたいものがあるのだと思った。

それでも典子の真剣な表情から、とりあえず彼女の疑問に答える必要性を感じ、彼は口を開いた。

「組織からは脱退しましたが、僕は自分の考えが本当に正しいのかどうか検証したいと思いました。これまで信じていたものを捨てた以上、それを自分の義務だとも思ったのです。だが、そんな検証はそう簡単にできるものではないことは明らかでした。僕は待つしかないと思いました」

「待つって何を待つの?」

「……」

「ねえ、何を待つの?」

典子は執拗に尋ねた。

「僕は思ったのです。コミュニズムが自分の考えたように間違ったものであれば、いずれこれを採用した国々は崩壊するだろう。少なくとも自分が七十歳位になるまでは、何らかの崩壊の兆候が得られるのではないか。それをひたすら待つのだ。待つしかない、と」

典子は突然立ち止まり、目と口を大きく開けて、呆然とした表情で彼を見つめた。

「本当にそんなことをしたの？」

「いえ、何かをすることとは違うのです。ひたすら待つということなのですから。でも、七十歳まで待つこともなかったのです。それから二十年も経たないごく最近、あなたもご存じの、あの嵐のようなベルリンの壁の大崩壊が訪れました」

彼は、その崩壊の唐突さに大いに驚いたものの、ついに自分の考えが証明されたと思ったのだった。

「思った通りだ。人間は、おいしい食物を食べ、綺麗な服を着、良い家に住んで、遠くへ旅行したい、もっと多くのものを見たり、聞いたり、自由に話し、行動したいという本能に根ざした根源的ともいえる欲望をもっているのだ。これらを抑えることなど誰にもできはしない。スターリニズムはこうした欲望を充足させることができなかった。物質的生産力の巨大な発展を基礎に自由の王国を建設すると称しながら、その生産力の前提となる人間の欲望や競争や自由な市場や言論などを悪しきものとして否定したためだ。それればかりか、それらを抑圧する体制を蟻の入る隙間もないほどまでに敷きつめ、結局自分で自分の首を絞めた。崩壊は当然なのだ」

彼は部屋の中を飛び跳ね、そう叫んでいた。

「私もあの時は本当に涙が出るほどうれしかった。テレビの前で思わず、がんばって、と叫んだくらいだったわ。ようやくあの人たちは抑圧の軛から解放されたんだって思った」

「僕もそういう気持ちでした。でも、僕はすぐに思ったのです。ベルリンの壁をハンマーで壊すなどあんなに熱狂しているが、彼らは一時的にせよ、コミュニズムにも熱狂したのではないか？　彼らの熱はすぐに冷めるのではないか？　自分たちと同じように。アメリカやフランスや西ドイツやイタリアなど世界各地の学生運動と同じように。壁の崩壊は大きな前進だが、彼らはこれまでとは全く違う、これからの競争の厳しさなどに耐えられるのだろうか？　と」

彼は、彼女の気持ちに冷や水を浴びせる形になるのをすまなく思いながらそう言った。そして自分たち改善派が勝ち取ったあの東大闘争での学生参加も、結局はごく一部の学生の参加にとどまり、形骸化しているのではないかと疑った。

顔を曇らせた典子は、うつむいたまま困惑している様子だった。

だが、それでも彼女は問い返してきた。

「でも、あなたの言うように理想社会というものがもはや考えられず、コミュニズムもまた成立しないとしたら、人間はこれから何を目ざして生きていったらよいのかしら？」

少し沈黙した後、彼は口を開いた。

「よくわかりませんが、おそらくまた、伝統的な神々が復活するか、コミュニズムに替わる新しい科学的な衣装をまとったユートピア思想や宗教が生まれるかもしれませんね。僕たちがそうした宗教に向かうことはないと思いますが……」

そう言ったのは、たとえ、どんなに経済的に豊かになっても、人間の苦悩が解消されることなどあり得ない、人間とはどこまでも、そうした絶対的なものを求めたがる制限された受苦的な存在ではないかと彼は思っていたからだった。

彼女は押し黙ったまま足元ばかりを見つめ始めた。

彼らは海沿いの白い瀟洒なホテルのレストランに入り、そこのテラスで食事をした。食事が済むと、コーヒーを飲みながら、秋の淡い日に照らされ、キラキラとガラスの破片のように太陽を反射している沖合いの海を眺めた。海は断崖を打っていた時とはまるで違った様相で、丸いお盆のように凪いでいた。十卓ほどのテーブルはどれも埋まっていた。若いアベックが多く、どの顔も海に向かって、心ゆくまで、やわらかな秋の日差しと青い海からそよいでくる微風を楽しんでいるようだった。彼らの会話が作り出すさざめきが、やさしい風の音のように二人に届き、心地よいリズムを伝えていた。

何の疑いも知らないような、どんぐりまなこをした一匹のトラネコが、彼らのテーブルに近寄ってきた。客から絶えず餌をもらっているのか、丸々と太ってまるで夏みかんのようだった。ひどく人なつっこく、彼の足にしきりに身体を擦り寄せてきた。

「トラ、トラ」

動物好きの宙丸が、口元をほころばせてそう声をかけると、トラではなく、うつむいていた典子が急に顔を上げた。

「さっきの話だけど、人間とはいつもあなたの言うように制限され、苦しまざるを得ないものなのかしら？　そう思うととても哀しくなるの」

蚊の鳴くような声だった。

「でも、あなたは理想社会を否定しながら、今でもやはり絶対的なものを求めている感じがするの。違うかしら？　あなたは理想社会という観念を捨てたかもしれないけど、依然として何か絶対的なものを追い求める気持ちをなくしてはいないと思うの。あなたの現実に否定的な姿勢には、そうしたことも影響していると思うのよ。そうした絶対的なものへのあなたの考えを話して。お願い！」

宙丸は不意に脇腹を突かれたような気がした。そして、やはりそうだったのだ。彼女は自分が今も絶対的なものに囚われていることを敏感に感じ取り、それを知ることで、さらに何かを突きつめようとしているのだと思った。訴えるようなその口調に、彼は新宿のレストランでの彼女の非難を思い起こした。

彼は急に大声で叫び出したい気分に襲われた。そのため、典子が、「どうしたの？　どうしたの？」と後ろから声をかけてくるのもかまわず、テラスを降りて目の前の海に向かって歩き出した。

はるか水平線の近くに、一隻の船が点のように見えた。

海をそのまま空に移し、空もまた海に移って、まるで空と海が一つになってしまったように高く晴れ上がった青い空と青い海。

全く何の屈託もない、童謡に出てくるような光景だった。人生への懐疑や憤怒や我意、そして希望すらも、全てその中に溶かし込んでしまうような光景だった。だが、完璧ともいえるその青さは、絶対的なものについてのこれまでの彼の思考をあざ笑っているようにも思えた。

彼は足元の小石を拾い、まるで憂さを晴らそうとする少年のように、高く声を張り上げ、思いっ切りその青い空に向かって投げつけた。さらにもう一度、彼はそれを繰り返した。大空に吸い込まれていく小石を見やりながら、彼は、絶対的なものについての自分の考えを彼女に話すべきかどうか迷っていた。彼は、彼女が自分に執拗に問い続ける理由を推しはかった。彼女は自分の心の中にある絶対的なものを探り出すことによって、秘かに彼女の内に宿しているものを単に突きつめるというよりも、むしろそれを打ち固めようとしているのではないか。それは、またもや例の事件と関わりのある何ものかではないか。そうであれば、自分が彼女に聞きたいことをしばらく脇に置いても、それにはやはり応えねばならないだろう。

ようやくそう思い直し、宙丸は再びテラスに戻った。そして、絶対的なものについての自分の考えを話すことが、自分の幼稚さを晒け出し、新宿での話以上に観念的になることを恐れながら、彼女に向かって口を開いた。

「あなたの言う通り、確かに僕は今も絶対的なものを求めているのです。それは、岩田さんの葬儀や自分の組織からの脱退も終わって、下宿で一人ぽつねんと畳の目を眺めていた時でした。僕はこれまで信じていたものの喪失と、岩田さんの死と組織からの離脱という、恐ろしいほどの激しい環境の変化によって、極度の虚脱感に襲われていました。そして、自分も岩田さんもこの現実を支配している巨大な虚無に放り込まれていたことを痛感していたのです。あんなにも熱心に自分は架空の理想社会を夢想し、あたかも真理の体現者のごとく振舞い、岩田さんの悲劇をも想像すらできなかった。そのことに、自らの無力、卑小さを自覚せずにはいられなかったのです」

「……」

その時、彼は、自分だけでなく、他の人間もまた、サッカーボールのように小さくなったこの地球で、あまりにも野放図に振る舞っているように思えてきたのだった。彼らは常に強いもの、明るいもの、自分たちの心を湧き立たせてくれるものだけを見たがり、暗いもの、否定的なものから目をそむけていた。そのことで、彼らもまた、ひどく卑小で、脆弱で無力な存在に思えてきたのだった。

――人間は「欠けた存在」なのだ。大きな穴があいた無力な存在なのだ！

そう思った時、彼の心に、何とかして自分のその穴を埋め、今の虚脱状態から抜け出さなければならないとの意志が、生まれたのだった。それにはこれまで夢想してきた理想社会とは違った本当に確かなものによって、自分を立て直さなければならない、そしてそれによって、おぼつかない自分の存在と立ち位置を根拠づけ、今度こそ本当の自由を得たいという強い欲求が生じてきたのだった。

「そしてその時、僕の前に、すでに幼い時に芽生え、その後ずっと僕の内部に伏在し、またある時は顕在化する、あの絶対的な存在が立ち現れてきたのです」

「幼い時に？」

「ええ、確か、五〜六歳の頃でした」

宙丸は、当時の自分の村でのある出来事を呼び起こした。それは鯉を井戸に放り込む光景だった。

「『鯉は井戸の水をきれいにするんだぞ』。僕より年上のその子は、自分の知識をひけらかすように、両手からはみ出した赤と白の混じった、ぶちの大きな鯉を胸に抱きかかえ、自慢気にそう言い放ちました。青く太い二本の洟汁《はなじる》が、濃の塊のように、その子の鼻の下に垂れていました。真偽のほどは、今でも僕にもわからないのですが、確かにそういう考えがあったのです。その鯉は息ができない苦しさからか、自分の運命を予感しているかのように、口を半開きにし、虚ろな目で僕を見つめていました。それを見た僕は、この鯉はこの先、永遠に暗黒の、この狭い、冷たい井戸の中より外の世界を知ることはできないのだと思い、絶望的な気分に陥りました。そして次の瞬間、僕はその子から鯉を取り上げようと、夢中で彼に身体ごとぶつかっていったのです。すると、鯉はその子の手からするりと離れると、空中で半回転した後、ああっ、という二人の驚きの声をよそに、そのまま深い井戸の中に真っすぐ落ちていったのです」

「……」

「まさにその時でした。あの鯉だけではないのだ。人間もまた、常に卑近な現実に囚われ、狭い井戸からほとんど一歩も抜け出せない不自由な存在なのではないか。まるで暗闇にまっさかさまに突き落されるようなそうした思いが、子どもの僕に強烈に襲ってきたのです」

その夜からだった。

宙丸は、夜空を仰いでは、いつしか、この宇宙を支配する絶対的なものは何かという思いに浸るようになっていた。輝く星々ではなく、奇妙にも彼は、むしろその背後の巨大な虚無に見入っていたのだった。その時、すでに彼は、米粒のような人間の卑小さを思い、現実や人間をはるかに超えた絶対的なものへの憧憬を、年端《としは》もいかぬ子がタバコを吹かすように、身体に染み込ませていたのだった。その彼の性向は、大人の年齢になっても断ち切られることはなかった。普通の人間であれば、一時的にそうした観念の虜《とりこ》になっても、短期間で蛹《さなぎ》から脱皮する蝶のようにそこから抜け出すはずなのに、彼の場合はいつまでもそうはならなかった。

「理想社会の観念に僕が引き寄せられたのも、そもそも幼い時から、そうした絶対的なものへの志向が自分の身体の奥に伏在していたからに違いないのです。その志向は、僕の理想社会への挫折を狙いすましていたかのように、それが実現したとみるや、自由の観念と融合し、再び一気に自らを顕在化させ、僕の意識の中心を占拠するに至ったのでした」

「……でも、それによってあなたは、人間や人間社会への関心をさらに失っていったのよね」

典子は、自分の胸に言い聞かせるようにそうつぶやいた。彼女が感じたように、現実や人間から三歩も四歩も浮き上がったところに姿勢を取るようになった彼には、もはや本来的に絶対的なものだけが関心の対象になっていった。これまで信じていたものの呪縛から解き放たれた彼は、まるで覆っていた蓋が取れたようにそれへの志向を強め、何としてでもそれをつかもうとしたのだった。

宙丸が志向した絶対的なものとは、いわゆる神や仏というよりも、宇宙の根源であり、究極といってよいような、この海やこの青い空や自分たち全ての存在を支え、生み出したものだった。彼の考えでは、それはあまねくこの世に内在し、今も自らを展開しているからこそ絶対的なのだった。それは単純なものから複雑なものへ、無機物から有機物へ、無生命から生命へ、そしてついには、自らを人間として実現するに至った存在だった。その自己展開の仕方には、明らかにそうした一定の方向への性向が認められ、それを彼は擬人的に絶対的なものの意志とみなした。

こうして、普通の人間から見れば全く愚かと思われる絶対的なものへの想念を、彼は大真面目に膨らませていった。あてどもない思考の行列が、再び彼の脳の淵を、以前の何倍もの力強さで行進し始めたのだった。

三

やわらかな海の風が、典子のライトブルーのブラウスをかすかに揺らせていた。宙丸は、コーヒーを少し口に含んだ。意外にもその味は、彼の苦い思いをかえって打ち消してくれるようだった。

「それで、解決って言うのもおかしいけど、あなたはそうした絶対的なものについて、どういう考えに至ったの？」

彼は水平線すれすれに浮んでいる船を見つめた。全く動きを見せないその船は、ひたすらそうした絶対的なものを沈思しているようにも見えた。

「あなたも知っておられるでしょうが、科学は、およそ百三八億年前、この宇宙が『突然出現』し、空間や時間もその時生成したのだと主張しています。そうしたことがわかるのは、確かに人間の鬼子とも揶揄される科学の巨大な成果であり、人間の偉大さを示すものなのでしょう。でも、それは誕生だけを指摘したものであって、それを生み出した元のものは一体何だったのかということが僕の一番の関心事でした」

物理学者たちは苦闘の結果、その根源的な世界を「無」と名づけているのを彼は知っていた。ただそれは、何もないカラッポの世界ではなかった。量子力学とのアナロジーから、そこにはわずかなエネルギーが残っており、粒子の生成と消滅が繰り返されているために絶えず振動している、つまり揺らいでいる世界だとした。そうした世界に数学上の虚数時間やトンネル効果などを導入すると、宇宙は時刻ゼロにおいてこの世に出現できることを論証したのだった。

「けれども、虚数時間をくぐり抜けてきたとされるものの、わずかとはいえエネルギーの場をもち、粒子が生成と消滅を繰り返しているような無は、無の定義にもよりますが、やはり無とはいえないのではないでしょうか？　それはやはり物理的な世界というべきものだと思うのです。したがって仮にそれを無と名づけるとしても、その無をもたらしたものは何か、という問題がすぐに生じ、宇宙の根源を辿る試みはやはり大きな壁に突き当たってしまうのです」

「……」

彼から見れば、物理学者たちは科学者としてそこが科学の限界と考えているようだった。だが、それでは問題は解決せず、その物理学的な無を生み出したはずの絶対的な存在をあくまで追求すべきだと彼は思ったのだった。

宙丸は、ひたすらこの存在を問い続けた。

だが、自分だけでなく、人間は無限にこの問題の核心に接近しながら、そうした絶対的な存在の有無すらも確認できず、イメージできないのではないか、と彼は思った。因果的思考をもとに、過去へ過去へとどれほど遡っても際限がないからだった。

――蟻だ。自分たちはやはり蟻なんだ！

誰しも感ずるように、彼もまた数限りなくそう思った。地上に這っている蟻が、その身体的な構造から、地球が丸いことを永遠にイメージし得ないのと同じように、人間もそれらをうまくイメージし得ないように造られていると思ったのだった。

何年かのフリーター生活を終え、新しい職場である医師の団体に近い地域に引っ越す準備をしていた時だった。

部屋に運び入れる本をダンボールに放り込みながら、やはり彼はそうした絶対的なものの存在を考え続けていた。それを考え出すと、当然のことながら、いつも彼の頭は堂々巡りを繰り返すだけだったが、やはり同じ状況になった。

その時、彼は、ふと、かつて岩田さんからもらった本の中に、彼が置き忘れたと思われる一枚のメモがあったことを思い出した。すでに梱包し終えたダンボールを開け、彼は無我夢中でその本を探し回った。あちこちのダンボールを開け、ようやくその本を見つけ、中を開くと、そこにはどこかの銀行がくれた黄ばんだメモ用紙に、アラビア文字のような岩田さんの文字が踊っていた。それは「イメージ不能、表現不能、不合理、信」という文字だった。おそらくはなぐり書きと思われるそれを見て、思わず、「これだ、これだ」と彼は膝を打った。

「その時、僕は、その問題をようやく解決できない問題として解決したように感じたのです」

外国語を直訳したような宙丸の言い方がわかりにくかったのか、典子は首をかしげた。

「この宇宙を生み出した絶対的な世界などは、まさに行くべきところまで行きついたイメージ不可能な世界です。だが、イメージできないということは一体どういうことでしょうか？それは明らかに、人間の無力さを示すものではないでしょうか？　そのことは、人間はそうした世界の存在を一義的に決定できないということであり、裏返して言えば、そうした世界の存在の可能性を排除できないということをも意味していないでしょうか？　つまり、人間が自らを無力であると自覚することによって、合理的思考を超え、そうした世界の存在を確信することも可能なことを意味していないでしょうか？　人間に力があるから、合理的だから確信できるだけでなく、人間が無力であるからこそ、不合理と思われることであっても確信できるということにもなるのです。岩田さんのそのメモを僕はそう読み込んだのでした」

「……」

通常の合理的・因果的な思考を否定したと思える、岩田さんのその考えに触れたことで、彼のこれまでの考えは大きく変わったのだった。この世界を作り出した絶対的なものを知るには、単に因果的に世界の始まりに限りなく遡及し続けるだけでなく、そうした思考から大きく脱皮することも検討されるべきではないか？　そう思ったのだった。

「この世には始まりもなければ、終わりもないと聞きかじりで言う人が大勢います。僕もその一人に違いないのですが、でもあなたは気づいているでしょうか？　この考えもまた、通常の因果思考を超えたものだということを」

「あなたの言いたいこと、ようやく少しわかってきたわ」

海の風に揺れる自分の髪を右手で少し掻き上げ、典子は、うれしそうに声を上げた。

「つまりあなたは、そうした因果的思考を超えた人間、極端に言えば非人間ともいえる人間ならば絶対的な存在に到達できるかもしれない。要するにそういう形であなたは通常の人間の思考を極度に相対化したいわけよね」

彼は大きくうなずいた。

「あなたの言いたいことは私には理解できるわ。よく言われていることと、かなり違っているように思えるの。おそらくそれは、あなたが想像を前提にして人間対架空の人間という形で、問題を普遍化し、先鋭化させようとしているからなのね。あなたは全く不合理でイメージできないものでも、いわば『無力人』を設定することでその存在を確信できると言いたいわけよね。その一方で、普通の人間とは全くかけ離れた、飛躍的に高い脳を持ち合わせた『超人』も設定できるわよね」

彼女の「無力人」や「超人」という言い方がおかしく、彼は思わず声を上げて笑った。

実は、その極度の相対化によって、宙丸の考えは絶対的な存在への確信だけでなく、大きな広がりを手にしたのだった。それによって彼は、現実の宇宙はさまざまな宇宙が重なり合ったものだとする宇宙像や、親宇宙から子宇宙、孫宇宙という具合に多重なものであるとする宇宙像、また、この世界には巨大な虚の世界が存在し、人間はその世界と交信できるとする考えやブレーン（膜）宇宙論、さらには宇宙は十一の次元からなるとする考えや、別次元の宇宙の存在を推測し、それを裏づけることにつながる壮大な実験などもかなり自然に受け止められるようになったのだった。というのも人間は、この物理的な世界に呪縛されている全く無力な存在であると自覚することで、もはやどんな宇宙像も否定する根拠を失うからだった。

宙丸がそこまで話すと、典子は急に身を乗り出した。

「宙丸さん、今の話だけど、この世界のほかに別の世界があるとする考えもあるの？」

「ええ、そうなのです。確か重力を測定すると、そうした世界を推測することも可能らしいのです」

彼はそう答えたが、主に数式から次々と生み出された物理学者によるそれらの仮説は、まさに百花繚乱というべきものだった。それらは因果思考を超えてはいないのだろうが、むしろそれ以上のものに彼には思えた。想像もできないものばかりでまさに驚嘆すべきものだった。彼はそうした仮説に触れる度に、物理学者の力を感じるよりも、むしろ人間の無力を一層感ぜざるを得なかった。それらの考えが正しいかどうかは別にして、人間は何と狭い、制限された世界に閉じこめられ、呪縛されてきたのかと慨嘆せざるを得なかったのだった。

「考えてもみてください。今では相対論として多くの人に知られている、動いているものの時間は遅れる、動いているものの長さは縮む、ものが動くと質量は大きくなる、といったことだけでも、どれほど僕たちの常識からかけ離れたものであるかということを。どれほど僕たちの通常の意識が制限されたものであるかを。だとすれば、岩田さんが示唆したように、僕たちが全く想像もし得ない因果律を超えた存在から、この宇宙が生まれたと考えることもあながち否定すべきではないと思ったのです」

「……」

そして彼は、自分が生きている間に、どんなに抽象的であってもその回答が欲しかったのだった。存在という白い紙に何事かを書き込みたかったのだった。物理学者が打ち出すさまざまな宇宙論は彼にとってさほど問題ではなかった。彼にとっては、それらはやはり物理的実在にすぎず、それらを生み出した絶対的なものだけが問題だったからだ。そのために、そうした絶対的なものの認識の困難性を自覚しながら、彼はその後もそれを知ろうとしゃにむに突き進んだ。

典子がゆっくりと首を横に振っていた。そんなことを試みるのはどうみても無理だと言いたげだった。

「あなたの言いたいことはわかります。でも、愚かにも僕は、その衝動に打ち克てなかったのです。いえ、僕だけではありません。世の研究者たちもまた、僕とは全くレベルは違うもののそうではありませんか」

それを求めることは、あたかも暗黒の深海で暮らす魚が、決して知ることのできない遠い陸上の人間の生活を知ろうと努めることよりもはるかに難しいことのように彼には思われた。だが、彼はそれを問い続けた。時間や空間やこの物質的世界を作り出したその絶対的な存在に、彼は、かつての中世ヨーロッパのある哲学者のように、「触れない仕方で触れよう」ともがいた。それに触れることができたら、どんなに自分は幸せだろう。どんなに自分は自信に満ちて生きることができるだろう。それにさえ触れることができれば、命を失ってもかまわないとさえ彼は思った。意識を変えることが何よりも大切だと瞑想のようなやり方を真剣に試みもした。

「その世界を、僕は、全ての矛盾が解消されている世界として表象しようとしました。そこには生もなければ死もなく、欲望も苦痛もない、全ての物理法則を完全に超えた平安そのものの世界でした。そしてある時、それが、以前思い描いたユートピアの世界に酷似していることに気づき、僕は唖然となったのです。いえ、実は、ある種のユートピアは、『無何有《むかう》の郷《さと》』とも呼ばれているのです。まさに絶対的な世界にふさわしい名前なのでした」

「……」

そうした長期にわたる迷走と混迷と試行錯誤を、宙丸は繰り返した。その結果、ある時、きわめて単純な結論だったが、これまではっきりとは意識していなかった、決定的に重要なことに気づいたのだった。

それは、物理学者が主張するように、この宇宙が「突然出現」し、その時に時間と空間が「初めて」生成したのであれば、それを生み出した絶対的なものは、時間と空間という属性を具えていない存在になるということだった。だが、それらを具えていない存在とは一体何だろうか？　果たして、そうした幽霊のような存在があるだろうか？　いや、幽霊ですら時間と空間を具えて出現しているようではないか？　それは物理的な存在ではない。それは非存在ではないだろうが、決して物理的な存在ではない。それは「完全な無」、すなわち「ゼロ存在」とも名づけるべきものだろう。

「だが、それしかないはずだ。それ以外にありえようがないではないか！」

彼は声を上げ、その時も、それに気づいたうれしさで部屋中を跳ね回ったのだった。

無論、そのような存在が、この宇宙という物理的な存在を生み出したとすることは「無」から「有」は生まれないとする、この地上に強固に根を張った因果律や人間の通常の意識から大きく逸脱するものだった。だが、この世界の根源に向かっての際限のない遡及を止めようとすれば、どんなにそれが人間の通常の意識からかけ離れていようとも、論理としてそうなるではないか、そう思ったのだった。

それというのも、ゼロは単なる無ではなく、点と同じ性格をもつという考えがあることを、ある時、宙丸は研究者の書物から知り得たからだった。点が大きさをもたず、無でありながら、そこに無数の点を含むことができる無限の性格をも具えており、ゼロもまた単なる無ではなく、無限の性格をもつという考えがあることを知り得たからだった。そして、大きさをもたない点が無限に積み重ねられることによって線という有限なものが生まれ、あるいは飛んでいる矢が瞬間としては停止、すなわちゼロでありながら、それが無限に積み重ねられることによって運動と時間が生まれるのと同様に、絶対的なものはまさにゼロであることによって、そこから時空が生まれ、物理的な世界が生まれたに違いないと思ったのだった。さらに、時空をもたないこのゼロ存在は、あるいは、ある高名な物理学者がかつては存在したはずだとした虚の世界に属し、もはや時間とも言えない虚数時間をくぐり抜けて、この宇宙を作り出したのではないかとも思ったのだった。

そして、彼は、このゼロ存在が物理的世界となる「瞬間」にあっては、それはゼロ、すなわち無であると同時に、有でもあるという重なり合った二重の構造をもっているはずだと考えた。

――その重なり合い、二重性が物理的な量子的世界の揺らぎ、粒子の生成と消滅という無と有の重なり合いの世界になったのではないか。そして、その二重性、矛盾が、その後の宇宙と世界の果てしない運動の根本的な「動因」、「必然性」、その「意志」をなしているのではないか。また、粒子がそうした重なり合いの状態にあるならば、現在のこの世界も無や虚に浸透されているはずであり、そこから人間には全く不可解な現象も起こることもあるのではないか。

宙丸はそう考え、ようやく絶対的なものを自分なりに少し把握できたような気がし、初めて多少の安堵感に浸ったのだった。

ゼロ存在と聞き、初めは驚きの表情も見せていた典子が、真剣な目で尋ねてきた。

「それであなたはこの問題に終止符を打つことができたの?」

「いえ、ようやく絶対的なものに近づいたと自分では思ったものの、少し考えてみれば、それはゼロが無限に積み重ねられると有限な存在になるという、枠組みだけの外形的なものでしかなく、具体性を欠いたものであることは明らかでした。そのため、僕は、そこからさらに、このゼロ存在がどうして物理的世界を生み出せるエネルギーを持てるのかを考えようとしました。そもそもゼロとは何か。そして無限や虚とは何か。けれども、そのゼロや無限をより具体的に把握しようとするや否や、その世界ははるか向こうの世界に飛び去っていきました。それは、またもや、言葉にすることも、考えることもできない存在なのでした」

「……」

――他の全ての動物に比べて、人間が途方もなく高度であることは疑い得ない。だが、その一方で、この古井戸のような世界に細々と棲息し、低いレベルの脳しか持ち合わせないとも思われる人間という未熟な生物には、絶対的な世界の具体的解明などは永遠に達し得ない謎になるかもしれない。そのような謎を解決する頭脳を持つことは、この物質的な世界から生まれ、因果律の世界に支配され、呪縛されている生物にとっては永遠に不可能かもしれない。

それでも彼は、ひたすらそれに触れようと試みたのだった。

店で客とたわいのない話をしている合間にも、洗い物をしている時でさえも、彼は、ふっとそうした絶対的なものに思いを馳せた。

だが、それにつれて彼の現実感は一層希薄になり、次第に彼は現実に対して自らを集中できなくなっていった。それは、はるか遠い昔、モアイの像で知られる、あの南米のイースター島の人々が辿った道をも想起させた。おそらくは絶対的なものをあまりにも求めすぎたのだろう。彼らは現実への関心を弱め、自らの生存条件である森林を消滅させ、ついには奴隷化と滅亡への道を辿ったに違いなかった。彼もまた、絶対的なゼロ存在を思えば思うほど、現実への関心を弱め、現実という対象を対象として知覚し得なくなっていった。せっかくあの閉鎖的なユートピアの集団から抜け出た彼は、再び新たなユートピアに呪縛された状態に陥ったのだった。

――何ということだ。自分はまたも自由の陥穽に落ちたのか！

いつしか彼は薄暗いスナックの部屋の中で、あてどもなくそうした観念の世界をさまよい、アヘン患者のようにタバコの煙を眺めるだけの生活を送るようになっていった。そして自分の身体から、何かをしようという気力もまた急速に失せていったのだった。

「とくに最近、僕は、自らを開示してくれない、絶対的なものの支配にあらがいたい気持ちにさえなっているのです。あなたと話すことでかなり気持ちが開けてきたとはいえ、僕のそうした精神状況は依然として今も続いているのです」

宙丸は、少し疲れたような典子の表情をうかがいながら、恐る恐る最近の自分の心情をそう口にした。彼は、典子と再会した日の午前中のことを思った。あの時も彼は、店で飽くことなく紫煙を見つめながら、絶対的なものを夢想し、その支配のもとで人間の自由な意志というものは果たして成立し得るものなのか、成立し得るならばそれはどこまで可能なのか、とまるで夢遊病者のようにあてもなく思いを巡らせていたのだった。

彼は、すぐ前に広がる真っ青な海に視線を移し、まぶし気に目を細めた。そして、一体、自分は自由を求めながら最後はどこに辿り着くのだろうか、こんな状態では新宿の時と同様に、典子の事件の究明などはとうていおぼつかないだろう、彼女から話を聞き出すという自分の意図はまたも失敗に終わったのだと思った。

　遠く離れた丘の雑木林の前で、二人の男女がしきりに何かを叫んでいるのが宙丸の視界に入った時、典子が口を開いた。

「これまでのあなたの話から、どこまでも世界の根源に向かおうとする人間の不思議さが私にもよくわかったわ。自分たちの根拠を知りたいと思いながらも、それができずに生き、死んでいく人間の姿も浮かび上がってきた。この前、私はバリケード派の意識の倒錯性を強く感じたけれど、今の話を聞いて、私は、彼らだけでなく、人間全体の意識の倒錯性ということを強く感じたわ。この世界を見る人間の意識そのものが、あるいはすでに倒錯したものなのかもしれないし、そうした世界から抜け出せればとも思ったわ」

「……」

「あなたは絶対的なものを追い続けることによって、現実から引き離されていったけど、でもきっとあなたは今の精神状態から抜け出すわ。というより、もっともっと変わっていくわ。これまで話を聞いてみて、あなたはそういうことができる人だと思うの。あなたは自分の思う道を真っすぐ進んでね。そしてそれが私にとっても一番うれしいことであることもどうかわかってね。今度、私はあなたのお店にも行ってみるわ。あなたのお仕事する姿も見たいし……迷惑かもしれないけれど、お願いね」

そう言うと典子は、両手を胸の上に小さく結んで、子どもが祈るような仕草をした。

宙丸は自分の心が、いつしか糸のように解きほぐされていくように感じていた。彼女の心の奥に小さく潜んでいた透明な魂を、初めて見た思いがしたからだった。彼の胸に、愚かな自分を思う典子の限りなく純粋な気持ちがひしひしと伝わってきた。彼は自分がさらに意欲を回復してきているのを感じていた。それは彼女に再会した時に彼の心と身体にわずかに芽生えたものよりも、何倍にも勢いを増していた。

――彼女から送られてくるこの力。これもまた、絶対的なものからの贈り物だろうか?

そう思った時だった。

今まで暖かな秋の日差しを浴び、それと戯れていたトラが、何を感じたのか、その空に向かって、「フンギァ～、フンギァ～」と猛り立った声を張り上げ始めたのだった。そしてその声を聞きつけてか、彼らのテーブルに、苦み走った表情の男が走り寄ってきた。先ほどから遠くの雑木林の前で、何事かを叫んでいた男だった。黒の長袖シャツを着て窪んだ目をしたその男は、彼らのテーブルの前で足を止めると、トラを指さし、抉るような目で彼に尋ねてきた。

「失礼ですけど、このネコはあなたのネコでしょうか?」

宙丸が首を横に強く振ると、男の後から、その妻とおぼしき赤いシャツを着たでっぷり太った女性が、息を切らせ、アヒルのようにぶきっちょに手足を振って駆け寄ってきた。かつて典子と再会した時のレストランで見た、とてつもなく太った女性に似ていた。

「まあ、みかんちゃん、今までどうしていたの。三日も家を空けたりして。随分探したのよ」

そう言うと彼女はいきなりトラを抱き上げ、頬ずりした。トラは家出していたネコらしく、目の下を袋のようにたるませたその女性に抱かれると、目を細め、盛んに喉をゴロつかせ始めた。彼女は何度も彼らに礼を言い、男と一緒にトラを連れて戻っていった。

ふとその時、宙丸は、その男の方も誰かに似ている気がした。それは、時々店にくる影山さんに似ていたのだった。背は影山さんより低いものの、窪んだ眼窩《がんか》と全体の崩れた感じがそっくりで兄弟ではないかと思えるほどだった。

典子に目を向けると、彼女は、新宿のレストランでの時にも増して、蒼白な表情となって、その男の後姿を睨みつけるようにじっと見つめていた。そしてそんな自分の気持ちを打ち払おうとでもするように、いきなり黒のハンドバッグから錠剤を取り出し、目の前のコップの水ですばやくそれを飲み込んだ。

――典子は今の影山さんに似た男を知っているのだろうか？　いや、男の様子からしてそんなはずはない。だが、なぜ彼女はあんな表情を見せたのか？　それにまた薬だ。一体どういうことなのか？

空を仰ぐと、トラが声を張り上げ、これまで抜けるように晴れ渡っていた上空が、にわかにどす黒い雲の集団に覆われ、猛烈なスピードで北に向かって移動していた。遠くからはかすかに臼を挽くような雷の音が聞こえ、波もうねり始めていた。その光景と典子の表情を目にした彼は、自分と彼女の今後に何か不吉なものを感じた。

――これまでの彼女の様子から、ほぼ間違いなく、典子は心の奥深くに何かを秘め、それをさらに打ち固めようとするものを持っている。それに影山さんに似た男が、彼女の表情を変えさせたのも疑いない。だが、彼女はどうしてそんな状態になってしまうのか？

以前、彼女が漏らした「気の狂いそうな事件」という言葉が、またもや宙丸の胸にせり上がってきた。思わず口から出かかったその言葉を、彼は喉元で押しとどめ、飲み下した。

重い鉛のように、再び、彼の身体の奥深くに、それは沈み込んでいった。

# 第五章

新宿と熱海で、裸の女性の絵や影山さんに似た男が、典子を異常な状態にしたのを目のあたりにした宙丸は、意気消沈していた。自分の優柔不断のために、かつて彼女が遭遇した忌まわしい出来事や、おそらくは彼女が心の奥に抱いていると思われる本当の意図について、今の調子ではとうてい彼女から聞き出せないと思ったからだった。そのために彼は、もはや彼女にはっきりとそれを問いただすしかないと思うようになっていた。

熱海で口にした通り、典子はその後、二回、彼の店を訪れてくれた。

「大きくはないけど、わりとお洒落でステキなお店ね」

初めて店に来た時、グレーで統一された部屋を見て、典子はそう言ってくれた。だが、店にいた時間はいずれもわずか二十分ほどで、やはり宙丸は彼女に事件のことを聞き出すことはできなかった。

彼の焦燥感はさらに募った。

彼女が三回目に店に来たのは十二月の初めだった。

「宙丸さん？　今、用事で新宿に来ているんだけど、これからまた少しだけど、あなたのお店に寄せてもらっていいかしら？」

「ああ、どうぞ、お待ちしています」

彼女の突然の申し出に、彼はそう答えたものの、慌てふためいた。

その日は、久しぶりに地元の信用金庫の団体客が十五人以上入っていた。ほかに、ダンさんや安芸田さんはまだ来ていなかったものの、三木さんなど七～八人の常連客もいて、店はてんやわんやの騒ぎだった。蘭とミチ、それにモモは、客の相手をしながら、アイスやミネラルウォーターなどをひっきりなしに運び、彼もそれらの手配に目の回る忙しさだった。台所の流しの中には、汚れたグラスや皿が積み重なり、カウンターの横には、使用済みのオシボリが山のように積まれていた。こんな様子をとても典子には見せられない、そう思った彼は、大急ぎで洗い物を済ませ、続いてトイレ掃除にも取りかかった。

トイレ掃除を済ませ、やれやれと安堵の思いで戻ると、団体客の大騒ぎは、かなり下火になっていた。もうしばらくで打ち上げになりそうな気配だった。

「マスター、俺の番、まだかな」

カウンターの中に戻ると、すぐに、自称アソビニンの三木さんが、そう口を尖らせた。

「すみません。次の次ですから、もうちょっと待っててください」

宙丸はそう言って笑ったが、三木さんはいつものようにビールからおみきに切り替え、カウンターの前で今や遅しと自分のカラオケの出番を待っていたのだった。

ようやく三木さんの歌の順番が来て、彼はお得意の「枯葉」を歌い出した。場違いなその歌のために店内が一気にシラケた時、入口のドアが少し開いて、女性が顔をのぞかせた。典子だった。混んでいるせいか、中に入ったものかどうか戸惑っている様子だった。

「いらっしゃい、さあ、どうぞ、どうぞ」

宙丸はドアの前まで行き、典子を部屋に招き入れ、三木さんの左隣りに座らせた。

「うわァ～、綺麗な人がきたなァ～」

歌い終えた三木さんが自分の椅子に座りながら、感嘆の声を上げた。女性と見れば、誰にでもそう言いたがる人だったが、確かにその日の典子は、いつになく色気を感じさせた。黒のスーツで身を固め、キラキラ光るその目も、化粧のせいか、それとも店の照明のせいか、目尻が上がり、妖しい光すら放っていた。

「今日は随分混んでるわね」

彼女のグラスにビールを注いだ彼に、典子は驚いた様子でそう言った。

「今日は団体が入ったから少し混んだだけなんです。あなたも知っての通り、いつもはガラガラです」

宙丸はそう苦笑したが、確かに、店はいつもそんな調子で、依然として緩慢な赤字が続いていた。常連だけの日と団体客が入る日がはっきりしすぎていたのだった。

「マスター、おあいそよ」

蘭がほっとした表情でカウンターにやってきた。

団体客がようやくお開きとなり、皆、立ち上がって大声で笑ったり、喚いたり、互いに肩を叩き合ったり、抱き合ったりしながら店から出ていった。

それを見た典子は、「ちょっと、おトイレ借りていいかしら」と言って、椅子から腰を上げた。

彼女がトイレに向かったのと入れ替わりに、影山さんが部屋に入ってきた。またもスペイン系フィリピン人と思われる女性を連れていた。いつもとは違う女性だったが、やはりスタイルが良く、背も高い。二人は影山さんの指定席の台形の底辺にあたる席に座った。

しばらくすると、典子がトイレから戻ってきた。宙丸からオシボリを受け取ると、再びカウンターの三木さんの隣りに座った。座るとすぐ、典子は何かを確認するように、団体客が帰った後の室内を振り返った。その視線が、一瞬、影山さんとフィリピン女性に止まった。宙丸も先日の熱海でのことがあったので、彼に注意を向けていた。だが、彼女はすぐ宙丸の方に顔を向け、それから何か考え込むようにカウンターに視線を落したのだった。隣りの三木さんがしきりに何か話しかけようとしたが、取りつくしまがない様子で黙りこくっていた。

「典子さん、急にどうしたんですか。黙り込んで」

宙丸がそう声をかけた時だった。突然、典子が椅子から立ち上がった。そして、店の奥の方に向きを変え、ゆっくりと歩き出した。

だが、その歩き方は、彼がこれまで目にしたことのないものだった。胸を大きく反らせ、身体全体も後ろにのけぞらせて、ゆっくりゆっくり揺らぐように歩き、まるで妊婦のように見えた。彼女の精神がどうかなったのではないかと思わせるほど、奇妙な姿勢だった。

彼女は影山さんたち二人の前まで進むと、そこで足を止めた。フィリピン女性を相手に、うつむきかげんに話をしていた影山さんは、その気配を感じたのか、はっと顔を上げ、典子の顔を見上げた。

一瞬、彼の顔に驚きの色が走った。だが、なぜかすぐにあきらめにも似た表情に変わったのだった。

次の瞬間、影山さんの頬が鞭で打たれたような引き締まった音を発した。彼の身体はぐらっと傾き、その勢いでテーブルのビール瓶がひっくり返った。グラスとお通しの器がぶつかり合い、すさまじい音をたてて、床に落ちた。「キャー」という女の子たちの悲鳴が店内に響きわたった。典子が、影山さんの左頬に強い平手打ちを食らわせたのだった。

「アナタ、ナニスンノヨ！」

隣りのフィリピン女性が、金切り声を上げて立ち上がった。典子はかまわず、さらに影山さんの右の頬を打ち、さらに左、右、左、と続けざまに彼の頬を打ち据えた。その勢いで影山さんの足がテーブルの足を蹴飛ばした。テーブルがひっくり返り、悲鳴とともに客や女の子が一斉に腰を浮かせた。影山さんの口の中が切れたらしく、どろっとした液体が口からあふれ出ていた。

だが、不思議なことに影山さんは、典子に一切逆らおうとせず、打たれる度に姿勢を正し、典子の顔を正面から見据えていたのだった。むしろ彼女の打擲《ちょうちゃく》を進んで受け入れようとしているようにさえ見えた。口の中から絶え間なく吹き出してくる血を拭おうともせず、右腕で、立ち上がっていたフィリピン女性の左腕をつかみ、彼女が典子に反撃しないように強く自分の身体に引きつけていた。

典子はなおも、彼を打とうと左手を上げた。

「マスター、早く、早く、マスター！」

女の子たちが、手招きして宙丸を呼んだ。その声で、呆気に取られていた彼は、カウンターの中から飛び出した。

「やめなよ、典子さん、頼むからやめなよ」

そう言って彼は、典子の身体を後ろから抱え込んだ。典子は一瞬動きを止め、後ろを振り返って、ぼんやりした表情で彼の顔を見つめた。次の瞬間、彼女はまるで武術でも会得した人間のように、いとも簡単に彼の腕を振りほどき、カウンターに取って返した。そして椅子に置いたハンドバッグをひったくるように手に取って、一目散に部屋を飛び出した。あっという間の出来事だった。彼女のすさまじい勢いに、一瞬ぼんやりしていた彼は、すぐに彼女の後を追った。

だが、エレベーターの前に駆けつけた時、すでにそれは下に向かった後だった。宙丸は非常階段を駆け降り、彼女を追ってようやく一階に降り、大通りに向かって走った。彼女を探したが、その姿はもはやどこにもなかった。おそらく彼女は、大通りですぐタクシーを拾うことができたに違いなかった。彼はそれでもしばらくはその周辺を探したが、結局見つからず、落胆して店に引き返した。

店のドアを開けると、驚いたことに、影山さんはまだ店にいた。彼の席の周りは、綺麗に片付けられ、テーブルの上には新しいビールとお通しが、お墓に供えられた供物のように置かれていた。酒井さんはと見ると、まるで何事もなかったように、ミチを相手に笑い声を上げていた。三木さんもまた、カウンターからボックス席に移り、「枯葉」から一転して「津軽海峡・冬景色」ならぬ、「津軽海峡・濡れ景色」という春歌を大声で歌っていた。いつのまにかダンさんも来ていて、五十代かとおぼしき女性客も新たに三人入っていた。彼女たちは、その鄙猥《ひわい》な歌詞にヤンヤの喝采を送り、腹を抱えてゲラゲラ笑い転げていた。狭い部屋は品の悪い男や女の嬌声であふれ返っていたのだった。

――まるで狐か狸のような連中だ！

宙丸は急に自分の胃のあたりが痛むのを感じ、心の中でそう罵った。あんな大騒ぎがあった後なのに、皆、何事もなかったかのように平然とカラオケで春歌を歌い、大声で笑い声を上げていたからだった。彼らにとっては今の騒ぎは、ほんの少し足元をかすった程度のトラブルにすぎなかったのだ。

彼はカウンターの中に入ると、後ろの棚から自分用のウイスキーを取り出し、コップにそのまま注いで一気に飲み干した。すぐに自分の顔面が強烈にほてり出すのがわかった。

「お〜い、マスター、こっちで飲まないか〜俺が来る前に何かゴタゴタがあったそうだが、少しぐらいのゴタつきで落ち込むことはないぞ〜」

ダンさんのダミ声が届き、その声で、どっと皆の笑い声が上がった。宙丸は丸イスの上から、ボックス席の影山さんに目をやった。影山さんは、さすがに自分の前に置かれたビールに手をつける気にはなれないらしく、じっと顔を伏せたままだった。

一体、こんなことが、あっていいものだろうか？

宙丸の胸から大きな疑問が吹き出ていた。

なぜ典子はあのような暴発的な行為に出たのか？　彼女と影山さんはどんな関係だったのか？　そもそも二人はいつどこで知り合ったのか？　なぜ二人は今日ここで顔を合わせることができたのか？　彼女は影山さんに強い憎しみを抱いていたようだが、あるいはそれは、例の事件と関係があるのではないか？

それだけでなく、彼は、健康状態が良くないのは確かとはいえ、彼女が、あのような常軌を逸した行動を取ったことに言い知れぬ不気味なものを感じていた。彼女の振る舞いは、度がすぎたというよりも、奇妙にアンバランスな印象を彼に植えつけたのだった。

典子はあるいは身体に相当重大な疾患を抱えているのではないか？　新宿や熱海で飲んだ薬は胃薬などではないのではないか？　今日の彼女の妖しいほどの目の光もそうした想像を掻き立て、疑問が次々と頭に浮かんでいた。

その夜、宙丸は、店からも自分のマンションからも、典子に何回も電話を入れた。だが、その度にいつも単調な留守番電話の応答があるだけだった。翌日も、彼は電話をかけ続けたが、結果はいつも同じだった。彼は、典子に何か異常な事態が起こったのではないかとひどく不安になった。そのため、ついに、典子と再会した時のレストランでもらった名刺を頼りに、思い切って彼女のマンションを訪ねることを決心した。

三日目の夕方だった。彼女のマンションに行くために部屋を出る直前、宙丸は最後にもう一度だけ電話してみようと思い立ち、自宅から典子の電話番号をプッシュした。

「はい、萩野ですが……」

いきなり男の声が受話器から飛び出した。

彼の頭に彼女の男関係がすぐに浮かんだが、意外にも典子の兄だということだった。彼女の高校時代からの友人だと言うと、「おおっ」と彼の声は急に懐かしそうな調子に変わった。同郷である宙丸に、親近感を抱いたようだった。

典子の所在を尋ねると、彼の声は急に萎え、意外な返事が返ってきた。

「典子は今、病院に入院しています」

「どうされたんですか？」

宙丸の声が上ずった。

「二日前に自殺を図ったんです。睡眠薬で……」

「何ですって？　自殺？　確か今、自殺とおっしゃいましたよね」

彼は聞き返した。にわかには信じられなかったのだ。だが、間違いないことがわかると、すぐに病状を尋ねた。生命に別状はないということだった。続いて彼女の入院先の横浜の病院を聞き出し、これからすぐにそこに向かうと伝えた。

大急ぎで自宅のマンションを飛び出し、横浜駅に着くと病院までタクシーを飛ばした。渋滞にイライラしながらもようやく到着すると、受付で病室を確認し、八階までエレベーターで昇った。鼻を刺す薬品の臭いが立ちこめる長い廊下を足早に歩いて、彼女の病室に辿り着いた。

だが、ドアをノックしても、中からは何の応答もなかった。思い切ってドアを開けると、個室のベッドに仰向けに臥した姿勢から少し上体を起こしたのは確かに典子だった。一瞬その顔が何か恐ろしいものを見たように引きつった。

「大丈夫ですか?」

宙丸はベッドに近づき、そう声をかけた。その言葉に典子は軽くうなずいただけで、すぐにまた上体をベッドに沈めた。彼女の頬はげっそり痩け、腕には点滴装置が付けられていた。胃の中のものをすっかり吐き出され、洗浄され、まだ食事がとれる状況ではないようだった。彼は、ベッドの脇に折り畳みのイスがあるのを見つけると、それを広げ、黙ってそこに座った。

彼らの間に、谷間で隔てられたような長い沈黙が続いた。見ると、彼女の目からは細い筋のような二本の涙がゆっくりと頬を伝わっていた。

——何という変わり様だ。学生時代、あんなに溌剌《はつらつ》として、生気にあふれていた彼女が、こうして今、肉体的にも精神的にも疲れ果て、まるで幽鬼のように痩けた頬に涙を伝わらせている。

彼は、彼女のそのやつれ果てた姿に、胸がふさがるような衝撃を受けていた。

彼女は、いつまでも押し黙ったままだった。蝋のように蒼白な顔に放心した表情を浮かべ、口を半開きにし、天井を見つめ、右手の爪で灰色の壁を弱々しく引っ掻く動作を絶え間なく繰り返していた。まるで、砂に埋められたまま死を間近に控えた人間が、魂の脱け殻のようになって、片手でかすかに救いを求めているようにも見えた。彼女のベッドに寄り添っていた彼は、次第にそこにいることにいたたまれなくなり、病室を出た。

廊下に一人の男が待っていた。緊張した面持ちで、「典子の兄です」と床に着かんばかりに頭を下げた。優しげな顔は日に焼け、その視線は涼しげだったが、額には太い皺が何本か刻まれ、典子よりよほど年上に見えた。典子とは血のつながりはなく、田舎で小さな建材店を営んでいるとは聞いていた。

「典子さんは何で自殺なんかしたんでしょう？　何か思い当たることがおありですか？」

店の名前の入った名刺を渡し、挨拶を終えると、彼は典子の兄にそう尋ねた。

典子の兄は、しばらく顔を下に向けたまま口を閉ざしていた。しきりに目をしばたたかせていたが、それでもやがて、おもむろに口を開けた。

「こんなことを言うと……」

話していいものかどうか迷っている様子だった。

「典子が聞けば、怒り出すかもしれませんが、大学に入ると、典子は理想社会を実現するんだと言って学生運動をやり出しました。私は、当時、この社会は生身の人間でできていて、神様ではないのだから、そんな社会はできっこないよと、よく妹に言いきかせました。でも、彼女は聞き入れなかったのです。そして、あの東大紛争の中で、ある時、言うに耐えられないような暴行を受け、ひどい精神的なショックを受けたのです。何があったかは、今、私の口から言うのは勘弁してもらいますが、それ以来、典子は躁鬱病のような状態になり、この二十年位は薬をいつも服用していました。時には入院もし、二年前にも自殺を図ったのです。そのため、私は電話で典子の様子がおかしいと感じる度に、東京にやってきていました。今回も電話が通じないので、不審に思い、大急ぎで上京したところ、意識不明になっている妹を発見したのです」

「そうでしたか」

宙丸はうなずき、肩で大きく息をついた。

――典子は、あの東大闘争の中で暴行を受け、重い精神的な障害をこうむったのか！

初めてそれを彼女の兄から耳にした彼は、彼女の病状、それに罹っていた歳月の長さに呆然となった。そして、かつて新宿や熱海で、彼の目の前で薬を飲んだ光景にも初めて納得がいき、もはやそれ以上何も言えなくなっていた。

典子の声を聞くことのないまま、彼は病院を出て電車に乗った。外は雨に変わっていた。彼の心は、沼のようにどんよりと淀み、重い喪失感に襲われていた。疲れ切った思いで右手で吊り革をつかみ、電車の振動に揺られながら雨で曇った窓ガラスを眺めた。

彼の胸に感傷ともいうべき思いが押し寄せていた。

――人が自殺を図るということは、多くの辛く、耐えがたいことが重なりすぎたからだ。よく世間の人間は、自殺するくらいならどんなことでもやれたはずだなどと無責任なことを言うが、全くの見当違いだ。そんなふうに考えることができなくなっているのが、自殺を考えている人間の精神状態なのだ。典子もおそらくそうだったのだろう。だからこそ、この自分に打ち明けることもなく、それを決行したのだ。

その時、その人にとって、死はさほど恐いものではないだろう。死はその人にほほ笑みかけ、全ての苦しみを救うために手を差し延べてくれる神や仏のようにも思えてくるはずだ。そうした精神状態が必然的に自殺をもたらすのだとすれば、自殺もまた自然的な死ともいえ、神や自然の意志にあらがう悪しきものとはいえないのかもしれない。そして、それとはかなり様相を異にする自覚的な覚悟の自殺は……

そこまで考え、窓から視線を離した時だった。

彼は車内で、アッと思わず声を上げそうになった。

つい先ほどの典子の兄の話と新宿や熱海での彼女の言葉、それと彼女の影山さんへの行為が融合し、あのクリスマスイブの日、彼女に何が起こったのか、彼の頭の中にある像が結ばれたからだった。


自分の住む駅に降りると、漆黒の夜の空を稲妻が引き裂き、大気を揺るがすような雷が轟いていた。雨はつぶてを打つような激しさでコンクリートの道路に叩きつけ、あたり一帯は白い飛沫でもうもうと煙っていた。

宙丸は、自分の想像を一刻も早く確かめようと、駅で買った夕刊を頭にかざして、店に向かって懸命に駆けた。ようやく店に辿りつくと、店を任せていた蘭が仰天して駆け寄ってきた。

「どうしたの。マスター、そんなに濡れて」

その声で、客の相手をしていたミチとモモが振り返った。どうやら、三人で無事、店をこなしていたようだった。

「ひどい雨なんだ。ご苦労様。何か変わったことなかったかい」

「別になかったけど、お客さんが少ないの」

蘭は子犬がくんくん泣くような情けない声を出した。店内を見渡すと、彼女の言う通り、この雨のせいもあって客は四人しかいなかった。その中に、モモを相手に珍しく一人で飲んでいる安芸田さんの姿が見えた。

宙丸はカウンターの中に入り、タオルで身体を拭きながら、天井近くの壁に目をやった。いつものように蜘蛛のコジローがそこにいるのを確かめると、再び彼は安芸田さんに目を向けた。あの東大闘争に参加していた安芸田さんに、自分の想像を確かめようと思っていたのだった。

彼は、典子はあの日、自分たち改善派に拉致され、あの影山さんから暴行を受けたのではないか想像していたのだった。影山さんの陰気な雰囲気からどうかとは感じたものの、彼が昔、改善派でなかったとは言い切れないと思ったのだ。

宙丸はカウンターを抜け出て、モモと替わって安芸田さんのボックス席の前の椅子に腰を下ろした。彼はすでにかなり飲んでいるらしく、丸顔に象のように優しげな目を真っ赤にさせていた。

宙丸は彼としばらく世間話をし、隣りのミチの客がカラオケに夢中になるのを待って、そっと尋ねた。

「安芸田さん、少し知りたいことがあるんです。いつも自分はあの東大闘争について話す時、自分たちの話ばかりしていたけど、安芸田さんたちの側で改善派に捕まった人はいたんですか？」

「そりゃあ、いたよ。そう大勢かどうかは知らないけど」

彼はこともなげに答えた。

「女性でも捕まった人はいたんですか？」

宙丸は一番知りたかったことをさりげなく尋ね、固唾を飲んで彼の返事を待った。

安芸田さんは、ゆっくりと、牛が草を食むような調子で答えた。

「ああ、多くはないけどいたようだった。女の場合、どういう扱いを受けたのかよくわからないんだ」

彼のその一言は、宙丸をひどく落胆させた。そのため、安芸田さんに自分の想像を確認するのは無理だ、彼にこれ以上聞いても仕方がないとすぐに結論を下した。そしてこの話を切り上げるつもりで、彼のグラスにビールを並々と注いだ。三十分ほどで安芸田さんはおあいそとなり、モモがエレベーターのところまで送っていった。そのモモが戻ってきてすぐだった。安芸田さんがバツの悪そうな顔で再び部屋に入ってきたのだった。

皆が驚く中で、彼は、ボックス席で後片付けをしていた宙丸の側に来て、そっとこう耳打ちした。

「エレベーターで降りてから思い出したんだが、ちょっとした話を聞いていたんだ」

宙丸は、急いで彼を再びボックス席に座らせ、ビールを注いだ。彼は一息にそれを飲み干した後、急に声を潜めて話し出した。

「ただ、内部の話なんであまり大っぴらにできないんだが、こんな話を聞いていたんだ。俺のいたセクトの女ではなかったけど、ちょっと小鹿に似たようなかなりかわいい女が、クリスマスイブの夜に車に乗せられ、新宿に連れていかれたそうだ」

クリスマスイブと小鹿に似た女という言葉で、宙丸はその女性は典子だと直感し、急に自分の胸が高鳴るのを覚えた。それを抑えようと、彼は、さらにビールを安芸田さんに注いだ。

「その女は新宿の繁華街で、突然、車からすっ裸のまま寒空に放り出されて、そのままのかっこうで歩かされたというんだ。ちょうどその頃と同じだったか、記憶ははっきりしないが、ベトナム戦争によって、泣き喚きながらすっ裸で歩いていたベトナムの少女の写真が、雑誌のグラビアに載ったことがあっただろう。確かピューリッツァー賞か何か取ったと思うんだが…… あれと同じようなかっこうだったらしい。まったく酷いことをしたもんだよ」

一瞬、安芸田さんが何を言っているのか、宙丸には理解できなかった。だが、そうであったにもかかわらず、彼の身体の動きは完全に止まっていた。口は呆けたように大きく開かれてはいたが、無声映画のように何の音も発していなかった。両目も大きく見開かれてはいたが、何も見てはいなかった。そのために安芸田さんに注いでいたビールが、じょろじょろとグラスからあふれ、床の絨毯を浸していた。

次の瞬間、全身が粉々になるような激しい悪寒が、宙丸に襲いかかった。彼の両腕と両足が、ぶるぶる震え出した。

「ウォー、ウォー」

喉から喚き声が出かかった。だがすぐに、安芸田さんに自分の動揺を感づかれてはならないとの判断が働いた。

彼は、ビール瓶をテーブルに置き、安芸田さんに気づかれないように、震える両腕で同じように震えている両膝を押えつけた。そして、その悪寒を散らそうと、視線をカウンターの内側の棚に向けた。

だが、そこでも彼は、これまで整然と並んでいたウイスキーのボトルやグラスなどの固形物が、まるで熱線にでも当てられたように、ゆらゆらと溶解していくのを目にしたのだった。

はるかに遠い国からの言葉のように、茫洋とした安芸田さんの声が宙丸の頭に覆いかぶさってきた。その言葉は彼の心をさらに抉り、打ちのめした。

「最初にその話を聞いた時、俺たちはあんたも活動していた改善派がやったと思ったんだ。ところがあとでよく聞いてみると、そうじゃなかった。当時、改善派もそのようなことをやったという話は確かにあった。でもこの場合は違うんだ。女とは別のセクトのバリケード派の幹部の男が、仲間を使って新宿でそれをやらせたっていうんだ」

「どうしてそんなことをやらせたんでしょう?」

宙丸は呻き声を絞り出した。

「なぜかというと、あの闘争の中で、ある日捕まえた改善派の男を、その女は幹部の承諾も得ずに、とにかく強引に解放しちまったらしいんだ。なんでもその捕まった男とは郷里も高校も同じだったらしい。その後、女の方は、その男の世話をしていたせいか、あまり闘争にも参加してこない。一方、その幹部は女の勝手な行動を腹にすえかねてはいたが、ただ、その男にあまり利用価値がなかったことと、女のやったことだからということで、何とか見逃していたらしい。ところが一ヵ月近く経ったある日、今度はこちらの活動家の一人が改善派に捕まる事件が起こったんだ。そのためにその幹部の男は、捕まった人間と改善派のその男とを交換する必要に迫られた。いわば人質交換っていうわけだ」

「……」

「そこで仲間の一人に、改めてその女を尋問させ、勝手に解放した男をすぐ連れ戻すよう命じたんだ。それだけでなく、その解放された男と女との関係を執拗に追及させた。要するに、その男とできているんだろうってね。ところが、その女は、助けた男は一週間ほどで自分のアパートを出ていった。今どこに住んでいるか知らないし、その男とのそうした関係も一切ないとあくまでシラを切ったもんだから、幹部の男は激怒し、仲間の男にリンチを命じ、強引に犯させた上、そうした措置を取ったというんだ」

宙丸の頭に、典子が激しく殴打され、衣服を剥ぎ取られて丸裸にされ、暴力的に犯されていく光景が浮かんだ。そして、二十年以上も前のクリスマスイブの寒空に、すっ裸になって、涙を抑えながら歩く典子の姿が、まるで白い亡霊写真のように浮かんでは消え、消えては浮かんだ。


「お〜い、見ろよ。あの女、気がふれているようだぞ」

「うわ〜、でも、けっこうな眺めじゃないか」

「一応、警察に知らせた方がいいんじゃないか」

「ほっとけ、ほっとけ」


——信じられない話だ！

ビルが林立する大都会に、にぎやかに鳴り響くジングルベルの音。けばけばしいネオン。行き交う酔っ払い客やコートの衿を立てて家路を急ぐサラリーマン。踏み潰されたチラシやタバコの吸い殻が散らばった街頭。その中を彼女は暴力的に犯された上、寒風に身をさらし、涙を抑えながらすっ裸で歩かされていた。一体そんなことがあり得るだろうか。誰がそんなことを想像し得ようか。おそらく道行く多くの者がその姿に仰天し、彼女を狂人と思ったに違いない。あの夜、彼女がアパートに辿りついた際、その朝出かける時とは違った服装をしているように自分は感じた。今にして思えば、おそらくそれはどこかで借りてきた衣服だったのだ。何ということだ！

彼の頭は、まるで糸が切れ、突風にあおられて狂ったように回転し、着地点を見出せない凧のように完全に方向を見失っていた。それでも彼は、奈落の底から這い上がるように、わずかに残っていた気力を奮い起こし、安芸田さんに尋ねた。

「その幹部は、どういう男だったんでしょう？」

「確か赤坂という名前でK大学の四年だったと聞いている。何でも彼はバリケード派の中でも最も陰険といわれていたR派に属していたと聞いた。眼光も鋭く、誰しもその眼を見ただけで蛇に睨まれたカエルのように縮み上がってしまうほど威圧感のある男で、しかも自分では決して直接手を汚そうとしない狡猾な奴だったらしい」

「その後、その男はどうなったんですか？」

「その後のことはよくわからない。でも直接、暴行を加えたその男の方も、どうかしてると思うんだ。背は外人並みに高く、ニヒルな感じでかなりかっこう良かったらしいが……」

その男は影山さんに違いない、そう宙丸は直感した。

「その女性の方は……」

宙丸は、腫物《はれもの》に触るような思いで尋ねた。

「組織から離脱したらしいが、その後のことはやはりよくわからない」

これでもかというように、安芸田さんの口から明らかにされた事実に、宙丸の胸は張り裂けんばかりだった。だが、安芸田さんは酒が相当回ってきているせいか、これまでになく饒舌だった。

「だけど、女は大したもんだとは思わないか？　だって普通、男と女が同じアパートの部屋で仮に二～三日でも暮らせば、何にもないなんて考えられんじゃないか。それをあくまでシラを切ったっていうんだから。なあ、マスター、あんたもそう思うだろう？」

宙丸にはもうこれ以上彼に問いただす勇気がなかった。

錯乱した彼の頭上から、安芸田さんのいつになくずっしりした声が届いた。

「でも、俺はその話を聞いた時、その女を立派だと思ったんだ。セクトの幹部の意志に逆らっても自分の考え、自分の人間的な気持ちをまっすぐ貫いたという点でな。確かにその事件は、その幹部の個人的な要素が大きかったかもしれない。けれど、そういう制裁をするっていうことは、やはりあの闘争の中でみんな異常な精神状態になっていたんだ。いってみれば平時でなくて戦時だったからな。皆まともじゃなかった。俺もそうだった。皆、我を忘れて夢遊病者のように熱狂したり、何かすぐ組織や集団やその場の雰囲気に吸収されてしまうんだ。そう、あんたが時々言っていた呪縛とでもいうのかな。周りが見えなくなってしまうんだ。いや身近な周りが見えすぎるのかもしれんな。その結果、内ゲバ殺人のような自爆的な行動にまでいってしまうこともある」

「……」

「俺もでかいこと言えないんだ。俺はあの闘争をやっていやというほどわかったよ。自分がまるで熱病に浮かされたように、その場の雰囲気でどうにでもなってしまう、そうした虚ろな存在でしかなかったってことがね。しかも俺は今でもそうした運動の影響から、完全には抜け出ていないんだ。十年以上もやってきた印刷の仕事を、あんたも知っているようにあっさり投げ出しちまったんだからな。現実への執着心がひどく弱いんだ。自由とか何とか何かそんな言葉を聞くと、すぐフワフワと神様のいる天国にでも登っていきたいような気持ちになってしまうんだ。何となくわかるだろう?」

人間というものは他人の弱さの告白や欠陥を知ると、何となく心が落ち着くように意地悪く造られているものだということを、宙丸はその時感じていた。同時に、彼は安芸田さんのその言葉で、自分もまた、とうに克服したと思い込んでいた、遠い昔の思考の脱け殻に今でも取り憑かれていることを思い知らされたのだった。

――ユートピアの世界から舞い降りた時、自分は世間並みの黒い牛になれたと思っていた。だが、そもそもそれが甘かったのだ。もともと、現実に疎かった自分は、あのような闘争に参加し、理想社会という観念的な自由の意識の洗礼を受けることで、知らず知らずのうちに現実の生活にうまく適応できなくなっていたのだ。そうした生活は本来の人間のあり方とは遠い、自分の心の琴線に触れることの少ない、あまりにも虚しく、平板な生活に思えてしまうのだ。平板であるどころか、カビの生えたような生活に思えてしまうのだ。ようやく現実の世界に降りて黒い牛になれたと思ったものの、実はそうではなかった。黒々とした世間の牛と比べ、今も絶対的なものを追い求めている自分の皮膚の色は、何倍も褪《あ》せているのではないのか。安芸田さんよりも一段とくすんでいるのではないのか。

自分は、慣れ親しんだものより見知らぬものを、試されたものより試されないものを、限りあるものより無制限なものを、近くのものより遠くのものを、現在のものより永遠なものを好んでしまうのだ。常に現実から遠ざかろうとすることで自由を感ずる人間なのだ。

そう思った時、宙丸の胸に、ある疑いが湧いてきた。それは、そうした自分の自由の意識が、これまで批判してきた戦後の自由の意識、国家や権力などから自由になろうとする意識、自由と個の絶対化によって現実から遠ざかり、高じてはそれらと暴力的な敵対に至ってしまう意識と軌を一にするものではないかということだった。

それは現実の中に価値を見出すのではなく、現実を否定し、現実から脱することに価値を見出そうとする、戦後の抽象的な自由の意識にほかならないのではないか、そう彼は思ったのだった。

——自分もまた、常に現実から浮き上がり、それを否定しようとする、戦後の自由の意識に今もなお呪縛されているのか？　自分の過去のユートピアへの志向と現在の絶対的なものへの志向も、そうした意識に根ざしたものなのか？

初めてその考えが意識に浮かんだ宙丸の頭は、典子の事件と彼女の自殺未遂のこととが合わさって、さらに錯乱した。

宙丸の憔悴し切った表情を見て、手にもったアタリメを音を立ててしゃぶっていた安芸田さんが大きな声を上げた。

「どうした？　何考えてるんだ。マスター。例の歌、歌ってくれよ。ほら、あのクラ～い、クラ～い、泣く子も黙る『昭和ブルース』ってやつをさ。何だったらもっとクラい『昭和枯れすすき』でもいいぞ〜」

「マスターって、変な人なのよね。明るい性格なのに歌となるとホントにホントに暗いのよ〜」

お客二人を送り出してきたミチが、両手を前に垂らし、オバケのかっこうをしてケラケラ笑った。蘭とモモも薄く嗤《わら》っていた。

「互いに傷つけ合った俺たちの時代の人間には、明るいことは軽薄と同じ意味なのさ。なあ、マスター」

宙丸の苦悩をよそに、安芸田さんの屈託のない笑い声が部屋中に響きわたった。

# 第六章

## 一

安芸田さんの話を聞いた翌日の午後、宙丸は、何とも言いようのない重苦しい気持ちで、再び、典子が入院している病院に向かった。昨夜、彼から聞いた、かつて典子を襲った事件の凄惨さを思い浮かべる度に、彼の気持ちは萎えた。

その事件について彼は全てわかった気がしていた。だが、決してそうではないことを、すぐに彼は思い知ることになったのだった。

病院に着くと、彼は受付も通らずに、典子の部屋に直行した。

病室のドアを開けると、彼女が急速に回復しているのがすぐにわかった。彼女は点滴こそはずされていないものの、顔に赤みが出て、ベッドからすまなさそうに彼に声をかけてきた。

「宙丸さん、あなたは、私のことをとんでもない女だと思っているわよね。あなたのお店にも大変な迷惑をかけてしまったわ……」

彼女は心から後悔している様子だった。

「典子さん、僕は全くそんな風に思っていないですよ。あなたは辛い目に遭いすぎたんです。聞いて欲しいんですが、僕は昨日あなたのお兄さんや僕の友人から、かつてあなたが僕のためにひどい暴行を受け、裸で深夜の新宿の街に放り出される制裁を受けた話を聞きました。腸が煮えくり返るような本当に凄惨極まりない話で、僕はいくらあなたに詫びても詫び切れない思いなのです」

「……」

「その話から僕は、直接その暴行を行ったのは影山という人間ではないかと思っているのですが、違いますか？　どうか全てを話してください」

「……」

典子は彼があの事件のことを知ったことにひどく驚いた様子で、大きく目を見開き、その後、うつむいたまま長い間沈黙を続けた。そして、ようやく覚悟を決めたように顔を上げて話し始めた。

「あなたの思った通り、直接、暴行を加えたのは影山だったわ。でも、その事件は、あなたには何の責任もないことだわ。それに私、わかってたのよ」

「わかってたって、何がです？」

「あなたの店に影山が客として出入りしているらしいっていうことが……以前、あなたの店に電話したことがあったわね。その時偶然影山が出て、うっかり自分の名前を言ったことがあるの」

ああ、あの時がそうだったのか、と彼は思った。

「それで私、ぜひ影山に会わなくてはと思っていたの。でも、あんなことをするつもりはなかった。ただ渡したい物があっただけなのよ」

「何ですか？　渡したいものって？」

彼女は、枕元に置いてあったハンドバッグを、おぼつかない仕草でそろそろと手元に引き寄せた。そして中から白い紙に包んだものを取り出した。それは黒い小さなプラスティックの箱だった。彼女がその蓋を開けると、そこにはくすんだ色をした三つの小さなカケラのようなものがあった。

「爪よ。指の爪なの」

意外な言葉を典子は口にした。そして宙丸が想像だにしていなかった事実を打ち明けたのだった。

「あなたはあの事件のことをどれだけ知っているかわからないけど、私と影山の間にはたった一回だけの暴力的な交渉があっただけだけど、私、妊娠してしまっていたの。私、思い切って産んだわ。男の子だったわ」

——ああっ

彼は一瞬気が遠くなるような思いに襲われた。昨夜の安芸田さんの話からも全く想像できなかったことだった。だが、考えてみればそうした可能性は十分あったのだ。

——何ということだ！

彼は典子がそんな犠牲を負わされたことに地団駄踏む思いだったが、彼女はかまわず続けた。

「私が育ててきたんだけど、五歳の時、骨のガンで亡くなってしまったの。私はどんなに嘆き悲しんだかしれない。その時、行方のわからなかった影山の居所を必死の思いで突き止め、何とか葬儀にだけは出て欲しいと言ったの。でも、彼はそんなのは自分の子がどうかわからない、という態度で、とうとう出ようとはしなかった。私は、彼を本当に憎んだわ。それでも何とか形見の爪だけでも彼に渡そうと思って、この十五年間探し続けてきた。でも彼の居所は簡単にはわからなかった。北海道かと思うと、次は大阪。今度こそと思ったら香港。そしてフィリピン。ようやくあなたの店に彼が出入りしていることが偶然わかったのよ」

そう言って、彼女は深く息をついた。

「私は、静かに彼にその爪を渡そうと思っていたの。でも、あなたの店で彼の顔を目にした時、突然、私、気持ちが変わってしまった。かつて影山がフィリピン人の不法入国に関わっていると耳にしたことがあったけど、彼のうす汚れた、すさんだ顔を見た時、ああ、こんな男に子どもの大切な爪を渡すことはない、と思ったの。その瞬間、私に、かつての事件が一気に甦ってきて、何もかもわけがわからなくなって……」

「……」

「私は学生時代のあの事件以来、精神的な病気を患い、とくに最近ではそれが頻繁に出て、ああした形で爆発するの。影山はたぶんそれを感じていたのかもしれない。あの時、私に何の抵抗もしなかったもの…… でも自分の部屋に戻って、自分の行為を振り返った時、私はとてつもない後悔と自己嫌悪に襲われた。自分が長い間、ずっと苦しんできたことをあんな馬鹿げた行為でしか解消できなかったことに、耐えられない気持ちになった。自分がたまらなく嫌になった……」

彼女の話に、宙丸の気持ちは果てしなく沈んでいった。そしてあの事件の悲惨な結末に絶望的な思いに捉われた。

突然、外の廊下から、そうした宙丸の気持ちに追い打ちをかけるように、女性たちのけたたましい笑い声が聞こえてきた。

「私は、あの事件以来、身体の状態が年ごとに悪くなり、とくに子どもが亡くなってからのこの十五年もの間、絶えず死ぬことばかりを考えてきたの。それは身体の具合からきただけではなかった。生きる目標を失ったことからもきていた。でも教師という仕事にしがみつき、何とか自分を支えてきた。そうした精神状態もあってか、私は、影山だけでなく、自分への制裁を許した、かつての活動家の全てが憎かった……」

彼はその言葉に息を止めた。そして昨夜、安芸田さんが話してくれたことを確かめなければと思った。

「あなたへの暴行を命じた幹部の名は、確かK大学の赤坂という人間でしたよね」

彼女は、力なくうなずいた。

「ひどい男だと思っているわ。でも、私にとってはあの制裁を指示した赤坂よりも、あんな愚かなことを他人の言いなりになって実行した影山の方がもっと憎かった。その後、赤坂へのリンチや彼の死を伝え聞いて気の毒な気持ちにもなった……」

「リンチ？　赤坂氏が死んだ？　それはどういうことですか？」

それもまた、初めて耳にしたことだった。

彼女は、その事件のすぐ後に、赤坂氏が彼女の属していたセクトからすさまじい報復を受けたことを途切れ途切れに彼に話した。そして、その時、赤坂氏は、隠し持っていた登山ナイフを必死の形相で振り回したものの、重傷を負い、その三年後に病気で亡くなったことも話してくれた。

そのことを知った宙丸の脳裏に、敵の攻撃に対抗するために髪を振り乱し、死に物狂いでナイフを振り回す赤坂氏の鬼のような形相が浮かんできた。そこにはもはや精神的なものなど入り込む余地は何もなく、ただ獣のような攻撃と物理的な反撃しかないように彼には思えていた。行き着く所まで行ってしまったのだ。そうしたテロを含んだ抗争は、当時、自分の母校をはじめ、至る所であったのだ。

そう彼は思い、虚ろな目で病室の壁を見やった。

「二年前にも自殺を試みたの。その時、親のように私のことを思ってくれていた兄が、どれほど嘆き、悲しんだかしれない。でも、それに失敗してから少し思い直した。かつての運動のことも含め、もう一度きちんとこれまでのことを振り返ってからでも遅くない。あなたに必ずいつか会えると思っていたこともその支えになった」

そう言って、初めて彼女は少し笑顔を見せた。

「あなたに会えて本当によかった。最初は納得のいかない話もあったけど、コミュニズムがいかに倒錯した論理に満ち、崩壊せざるを得なかったかも理解できた。かつての運動のことも振り返ることができた。私たちは架空の対象に向かったのだと思ったの」

「架空の対象？」

「ええ、そう。自由の実現を叫びながら、自分たちの不安や憎悪をやみくもに膨らませ、架空の対象を作り上げたのよ。ただ自分たちの怒りや不満を感情的にぶつけただけなの。現実と少しも噛み合ってなかった。むしろ、衝突を目的に、噛み合わないようにしたのかもしれない。そのために現実の一部分だけを途方もなく拡大したり、ねじ曲げたり、レッテルを貼って相手を罵倒し、何の具体性もない架空の対象を作り上げたのよ。挫折は当然だったわ」

彼女のその言葉で、ふと、その後のS党のことが彼の頭に浮かび、やはり似た者同士なのだと思った。かつての東大闘争の指導だけはそれなりのものだったが、彼らもまた、常に、部分的なものを膨らませて全体だとし、そうした架空の対象に熱中している集団だと考えていたからだった。そして、そうした短絡的な思考はS党だけでなく、今も世界中で絶え間のない混乱と暴力と破壊をもたらしている集団の発想でもあり、粛清にも使われる手法なのだと思った。

「これまでの私が本当に閉じこめられた不自由な存在だったということもよくわかった。あなたの話の多くに私はうなずくことができた。理想社会や絶対的なものについての考えにも共感できることが多かった。人間がいかに絶対的な、倒錯した観念に呪縛されやすいか、それがどんなに恐ろしいことであるかもよくわかったわ。あなたは自分のことをどうしようもない人間だと考えているみたいだけど、そんなことないわ。今では、私にはそれがよくわかるの」

明らかに自分への買いかぶりだ、と宙丸は思った。自分は、毎日、薄暗い店でただタバコの煙を眺め、現実離れした観念を思い浮かべているだけの無能な人間ではないか。

そう思う一方で、典子がかなり長く興奮して話し続けていることで、彼は彼女の身体の状態が心配になってきた。だが、典子はこの機会に全てを話しておかねばと思っているようだった。

突然、典子はベッドから頭をもたげた。彼は彼女が何かさらに重大なことを話すのではないかと緊張した。

すると、宙丸が予感した通り、ついに、典子は、彼がこれまで全く想像もできなかった決定的なことを告白し始めたのだった。

「宙丸さん、実を言うと、私は、あなたから話を聞くことで、かつての自分たちの運動が一体何だったのか、自分に起こった事件がどういうことだったのかを振り返るだけでなく、これまで長く思い続けてきた、自分の命を断つことを最終的に決断したかったの。あなたの話を力に、自殺の決意を改めて打ち固めるつもりだったの。あなたと再会した時、すぐにそのことを私は決心していたの」

「そんなバカな！」

彼は声を上げて叫んでいた。

「これまでくどいほど色々尋ねて、本当にごめんなさい。あなたもどうして私があんなに執拗に尋ねるのか、不思議に感じていたと思う。でも、そういうことだったのよ」

彼はここに来るほんの少し前まで、彼女は彼から生きる力を得ようとしていたのだと思っていた。だが、全くそうではなかったのだ。彼女は彼から、生きる力ではなく、自らの命を断つ力、その決意を固める力を得ようとしていたのだった。

これまで彼女が執拗に彼に問いただしてきたことで、彼はそこに異常なものを感じ、彼女の心の奥に何かうかがい知れない特別な意図のようなものを感じてはいた。ただ、彼女がそのような明確な自殺意図を持って、これまで彼に執拗に尋ねていたとは露ほども思っていなかった。

けれども、振り返ってみれば、新宿で理想社会についての彼の話を聞き終えた時、彼女はこれで全く別の世界に踏み出せる気がすると口にし、熱海ではまるで死の世界に親近感を抱いているような言葉も漏らしていた。そのことに気づいた時、彼は気が抜けたように彼女のベッドの端に立ちすくんでいた。

典子は彼の受けた衝撃の大きさを気づかい、「ごめんなさい。本当にごめんなさい」と何度も謝った後、さらに言葉を継いだ。

「でも、あなたの苦痛に満ちた話を聞いて、私はひどく虚しい気持ちにさせられる一方で、あなたがそれに耐えながら生きていることで、私も何とか生きていかねばという気にもさせられたの。本当にそうなの。私はどうすべきか、正直、迷ったこともあったわ。でも、あなたの店で影山にああいう行動を取った後、私に諦めにも似た気持ちがどっと襲ってきた。私にはこの世ですることなどもう何もない。今さら抽象的な社会変革を目ざすことなどもうできない。子どももとうに亡くなっている。あなたは私がわりとまともに話しているではないかと思うかもしれないけど、そうではないの。自分の身体をまるで枯れた木の枝のように白く蝕んでいく慢性的な不眠症状。狭い壷に押し込められるように視野が閉ざされていく鬱症状。ますます頻繁に起こる自分でもわからない暴力的な発作。その症状はこれから飛躍的に進行すると医者からも告げられている。自分にはもうすぐ自分をコントロールする力はなくなる。自分を完全にコントロールできなくなっても生きるなど生きるって言えない。自分にとっては何の意味もない。生きているうちは自由で自覚的でありたい。しっかりした意識をもって生きたい。あなたの話を聞いて、これまでの総括をすることもできた。これで全てが終わったって思った。自分を完全にコントロールできなくなる前に、自分の命を自分で決めよう。そう思っていたのよ。私は自分の痩せ細ったプライドと小さな尊厳を最後まで守りたかったのよ！」

叫びにも似た悲痛な声だった。

典子の目からはいつしか涙が流れていた。

「あなたは、前に熱海で、人間の能力では、どうしてもイメージ不可能な存在や世界があると言ってたわね。それもまたユートピアと名づけていたわね。そしてそれから派生した、この世界とは別の次元の世界があるかもしれないとも言っていたわね。死ぬことでそうした世界に行けるのかわからないけど、いよいよ死を決意した時、あなたのその話が私に思い出された。私にはもう何もすることがない。自殺するということは、あるいはこの世界を生み出し、生を生み出した、そうした絶対的なものの意志にそぐわないことかもしれない。けれども、もう何もすることがなくなった私は、自分自身を解消することでこの面倒な自分や世界から抜け出し、自分のプライドを守り、自由になりたかったのよ」

「……」

彼女のその悲痛な思いは、痛いほど彼に伝わった。

――まさに覚悟の自殺だったのだ。自分をコントロールできなくなる前に自分を解消し、あくまで自らの自由と尊厳を得ようとする自殺……だが、彼女も口にしたように、そうした自殺もまた、おそらく絶対的なものや自然の意志にあらがう悪しき行為と見なされるのだ。それはまた、身近な現実として多くの親しい人々を悲しませ、彼らの人生の一端に暗い影を投げかけることにもなるだろう。

——だが、それでも彼女は自分の尊厳を守り、自由になりたかったのだ。彼女は組織の幹部の意向に逆らって、自分を助け、その結果凄惨な制裁を受けた。だが、彼女はそれを甘受し、しかもそうした制裁を受けたことなど自分には一言も告げなかった。さして頑丈でもない彼女の身体に恐ろしいほどの忍耐力が秘められていた。けれども、やはり無理があったのだ。おそらく彼女の内には、この自分にも知り得なかった虚ろなものが長い間、巣食い、絶え間なく増殖を続けていたのだ。

そう思った時、彼の胸に強い悔恨の念が湧き上がってきた。

——自分は何もしてやれなかった。それどころか、自分の話は、ただただ彼女に一層の不安を与え、彼女を追いつめていっただけではなかったか。自分は彼女の自殺未遂の後押ししかできなかったのだ。

外の廊下から、看護婦が手押し車で運んでいる医療器具の冷たくぶつかり合う音が聞こえてきた。

宙丸は彼女の考えをもはや非難する気になれなかった。そうまで思いつめて自分の命を断とうとした彼女への憐憫と、二度と自殺など繰り返してほしくないとの思いが、何度も彼の胸を突き上げていた。

典子は涙を抑えようとするように、病室の白い天井をしばらくじっと見すえていた。

それから宙丸の顔に視線を移すと、再び意を決したように語り出した。それは、またもや、宙丸には思いもよらぬ告白だった。

「こんなことを言うと本当に恥ずかしい気がするけど、私の勝手な独り言として我慢して聞いて欲しいの。私はあなたと暮らしたあのわずかな日々のことを、これまで一度も忘れたことはなかった。本当のことよ。いつもあの人、今頃どうしているかなァ、大丈夫かなァって思ってた。あなたにはどこか、そうした子どもっぽい頼りなげに思わせるところがあるの。そう思うといつも私の胸に何かこう甘酸っぱいものが押し寄せてくるの。何か懐かしいような、それでいて悲しいような気持ちになった。あなたと一緒に暮らしたあの最後の日、あのクリスマスイブの日の夜、いいえ、正確にはクリスマスの日ね。あの日、とても耐えられないあの事件があって、私は抱いて欲しいってあなたに言ったわ。でもあなたは私を拒んだわ」

「僕も若すぎたのです。気が動転していたのです」

彼は、反射的に自分の当時の気持ちとは裏腹なことを口走っていた。

「いいえ、そうじゃない。でも私、自分が情けなくて。あなたが帰った後もずっと泣き続けていた。私は女性が自分から抱いて欲しいって言い出していけないなどと今でも決して思ってはいないけど、でも、そうしてもらえなかった女性の気持ちっておそらく誰にもわからないと思うの。それこそ自分が女性の中で最低に思えてくるものなの。私ってそんなに魅力のない女なのだろうかって、あなたが部屋から出ていってからも、泣きながら何度も何度も自分を責めたわ」

「……」

「でも泣き疲れて、もうそれ以上泣けなくなった時、ふっとあなたの言葉をもう一度思い出して気がついた。ああ、あの人は本当に私のことを思ってくれていたんだ。私を大切に思い、気遣ってくれていたんだって。男女の関係って確かに、あなたの言ったように、結ばれることによって純粋なものを次々と失っていくことってあると思うの。いいえ、現実の姿としては、それがほとんどなのかもしれない。でもあなたの言ったような形もあるんだってことが、初めて私にわかった。そう思ったら、私の身体の奥から何か突然、言いようのない暖かい幸福感のようなものが湧き上がってきたの。その時のうれしさといったらなかった……」

典子は涙を右手で拭い、それから彼を見て恥かしそうに笑った。

「それからだったわ。あなたと離れていてもあなたのことを思うようになったのは。ああ、私には自分のことを本当に大切に思ってくれた人がいたんだ。なぜ気づかなかったんだろうって。そうふっと思うだけでも何か生きる張り合いができて、運動から離れても淋しいことはなかった。職場の人間関係や日常生活で嫌なことがあっても、いつも耐えることもできた」

「……」

「でもあなたにあのレストランで会えた時、正直言って私、本当に恐かった。あなたが変わってしまっているんじゃないかと思って。あなたは確かに変わっていた。でもあなたは本当の心はやはり昔とちっとも変わってなかった。そしてあなたが今も精神的にもがいていることを知り、以前あなたと一緒に暮らした時の自分の足りなかったことなどが一度にどっと思い出されてきた。それにあの恐ろしい事件のことや、それをあなたに秘密にしてきた申し訳なさも募って……それで涙が止まらなくなって……これまでずっと何かを追い求めてきたあなたのような人、これまでの話を聞いてきてわかったけど、あなたはあの運動の中でかけがえのない財産を手に入れたと思うの。でも、私、思ったわ。ああ、この人は夢のようなものを追ってしか生きられない人なんだなって。何かもっとそういう機会を与えてあげることはできないものかって。ごめんなさい。でしゃばったことを言って」

ようやく自分自身の話を終えた典子の目には涙があふれ、彼女は低く抑えた声で嗚咽し始めた。それは、彼女に対するかつての制裁への憤りと悲しみとこれまでの苦悩の全てを閉じ込めようとするような抑えた泣き方だった。

そしてその嗚咽とともに、宙丸の中に芽生えた憐憫は、酷い制裁に耐え、この二十年以上もの間、自分を思っていてくれた典子へのいとおしさに急激に変わっていった。高校時代に彼女に初めて出会い、大学時代に学生運動の中で偶然再会し、ほんの一時期にせよ、共に生活し、二人とも所属していた組織を離れ、そしてまたも再会した自分たちの間に、何か宿命のようなものさえ彼は感じ始めていた。

——先日の熱海でも少しわかったが、誰が一体二十年以上もの間、自分のことを、わがことととして感じてくれた人間がいようか。彼女以外、誰もいやしないのだ。

そう思うと宙丸には、彼女の自殺未遂やそのやつれ果てた姿でさえも、彼女へのいとおしさを一層掻き立てるものになっていた。彼は、彼女をかつてのように単に精神的な存在としてでなく、女としての彼女をこれまでになく強く意識した。彼女を妖精のように見る目から、そうしたものを残しながらも、現実の女性として見る目に変わっていた。彼は、あのクリスマスイブの夜に、彼女に放った拒否の言葉を否定したい気持ちになった。明らかに以前とは違った猛々《たけだけ》しい思いが、彼の内部に湧き起こっていたのだった。

それでも彼は、彼女への自分のそうした思いを振り払い、今は少しでも彼女の気持ちを明るくしてやらねばと思い直した。

「あなたは覚えていますか。僕らが初めて知り合った高校時代、合宿で野尻湖に行きましたね」

「覚えているわ」

彼女はしゃくり上げながら答えた。

「たまたまクジで僕とあなたが同じボートに乗ったのですが、僕はボートを漕ぐのが初めてで、オールを跳ね上げ、あなたの服をびしょ濡れにし、あなたに迷惑をかけてしまいました。でもあなたはそれを少しも苦にしないで、かえって楽しそうにはしゃいでくれましたね。僕はその時、あなたの自由で奔放な姿に感謝の思いで胸が熱くなったのを今でもはっきり覚えています。本当にありがたかったのです。あの時は本当に心が湧き立つように楽しかった。あなたに会えてよかった、人間に生まれてきてよかった、とさえ思ったのです。あなたはきっと元のように元気になれる。きっとなれる。そうなったら、今度は湖ではなくて、海でボートに乗りましょう。僕は少し上手になったんですよ」

そう宙丸が努めて明るく笑いかけると、彼女の嗚咽の声は一段と大きくなり、ついにはそれが「ワァ～」という号泣に変わった。

彼は彼女の涙を拭かなくてはと思い、ポケットからハンカチを取り出した。そして彼女に歩み寄り、両手で覆われた目の周りをそっと拭った。

ほどなく彼女は泣きやみ、その顔に少しほっとした表情が浮んでいた。全てを話したことで、彼女は幾分気持ちが落ち着いたようだった。

彼がハンカチをポケットに納め、彼女のそばから離れようとした時だった。彼女が右手で彼のジャンパーの袖をつまみ、自分の方にそっと引き寄せたのだった。彼は、一瞬何のことかわからなかった。すると彼女は、閉じていた唇をほんの少し突き出すようにして言った。

「して……」

思いもよらぬ言葉だったが、彼は彼女の意志を理解した。一瞬躊躇したものの、彼は、ベッドの彼女に覆いかぶさる姿勢で、彼女の唇にそっと自分の唇を押し当てた。

だが、唇を離そうとした時、彼女は再び彼のジャンパーの袖を引き、さらにこう言ったのだった。

「ここに来て……」

ここは彼女のいるベッドのことだった。当然のことながら、ここは病室なのだという意識が宙丸の頭に浮んだ。だが、一瞬の躊躇の後に、彼はその恐れを、回診の医師や看護婦が来たら来たでしょうがない、という強引な気持ちで打ち消した。彼は急いで靴を脱ぎ、彼女の純粋さを壊すことの恐れを依然として抱きながらも、ベッドに這い上がった。

宙丸は、彼女に掛けられた毛布をそっと取りのけた。

彼を迎えた典子は、まるで全身がバネでできたような、敏捷で小鹿にも似た昔の彼女に戻ったかのようだった。彼女は、これまで押さえていたものを一気に吐き出すかのように、まるでそうした思いの塊でもあるかのように、一つの肉の塊に凝結していった。

彼女は両目を瞑《つむ》ったまま、半ば口を開き、燃えさかる火のような息づかいで、何度も至福の声を上げた。

だが、その声は、あてどもなく、どこか永遠に戻ってくることのない空間に、彼女が投げ出されたことから発せられたように彼には聞こえていた。

そして、それにあらがうかのように、宙丸は、彼女の左腕に刺し込まれた点滴の黄色いチューブが、大きく波を打つように揺れているのを見つめ、

「死んではダメだ。二度と自殺など考えてはダメだ」

と彼女の耳元で呼びかけていたのだった。

## 二

典子が再び自殺を図り、亡くなったという連絡を受けたのは、翌日の夜のことだった。

その夜、店には街のカラオケグループの女性客が十五人も入り、久しぶりに女性優位の日になった。ダンさんや三木さんなどの常連もいて、大盛況だった。女性客と見れば何かと張り切る三木さんが、得意の芸を始めていた。自分が使っていたオシボリを手に取り、マイクを片手に女性客の一人と肩を組み、軽くステップを踏んで「涙をふいて」を歌い出した。

あの日　夢をさがして　♪
オレたち愛を　捨てたふたりさ
二度と　めぐり逢うとは　♪
思わなかった　この街角で
・・・・・・・・・

三木さんのバリトン調の声とよく合っていた。

何となく自分と典子の再会の歌のような気がしていたが、その夜の宙丸はその歌に耳を傾けるどころではなかった。

その日、典子のいる病院から戻る途中から、彼は、頭が朦朧とし、ひどい疲れを覚えていた。店に出ると激しい吐き気に襲われ、身体が粉々になってしまいそうで、かなり熱もあった。カゼをひいたせいでないことは、自分でもよくわかっていた。

ダンさんがカウンターに笑いながら寄ってきて、下をのぞき込んだ。のんべえ特有の焦げたような息が、吹きかかってきた。

「前に来た背の高い男、影山とかいった男、聞いた話では、かわいい顔をした気の強い女に思い切りひっぱたかれてから、ぷっつりこなくなったそうだな。あいつはフィリピン人の不法入国や売春の斡旋のような仕事をしているように見えるんだ。警察にでも捕まったんじゃないか。マスター、気をつけた方がいいぞ。変に関わり合いになるとやばいぞ。蘭ちゃんにもそう言っているんだ」

ダンさんの話はいつも乱暴な反面、一理あると宙丸は思っていたが、そっと笑い返しただけだった。そんな話はもうどうでもよい気がしていたのだった。

歌っていた三木さんが、突然、左足を高く上げ、右手のオシボリで、ああ、ふいて、ふいてと叫びながら自分の股間を懸命に拭く仕草を始めた。初めて見た客は、その滑稽な仕草に腹を抱えてゲラゲラ笑い転げた。せっかくの歌が台無しになった。

ああ、ふいて、ふいて　♪
ふいて、ふいて、ふいて、ふいて　♪

「三木さん、うまいね！」
「さすが、アソビニン！」

皆、声をかけ、手拍子を打ち、三木さんを盛り上げた。酒井さんだけが一人その輪からはずれ、例によってミチをくどいていた。

いきなり、三木さんは右手のオシボリを女性客に向かって放り投げた。まるで犬の糞でも投げつけられたように、キャーという悲鳴とともに、女性たちは一斉に身をそらした。仕掛けられた花火のように、そこでどっと客の笑い声が上がった。続いて、三木さんはオシボリだけでなく、自分の股間に空のビール瓶を挟み、左右上下に振り回し始めた。彼は、調子に乗って、その瓶を指さし、「ふいて、ふいて」を繰り返した。女性客は大喜びし、中にはビール瓶の口におひねりを差し込み、うやうやしく片膝をつき、三木さんに贈呈する女性もいた。

その時、この騒ぎを引き裂くように、店の電話がけたたましい音をたてた。のろのろと手を伸ばし宙丸が受話器を取ると、男の声が彼の耳に飛び込んできた。典子の兄だった。

「佐伯さんですか。こんな時間に大変申し訳ありません。実は典子が今日の夕方、再び自殺を図り、亡くなったのです」

宙丸は思わず声を出しかけたが、すぐにその口を閉じた。

「私が最初に発見したのですが、その時、もう息はありませんでした。そうした恐れを私も抱いてはいたのですが、私の注意が足らなかったのです……」

悲痛な声と、しきりに洟をすする音が受話器から伝わってきた。

典子の兄は、典子が大変世話になったと改めて礼を言い、通夜と葬儀を田舎で行う旨を知らせ、その日時と場所を慌ただしく彼に伝えた。彼のその泣き出さんばかりの声、洟をすする音、彼へのお礼の言葉、通夜と葬儀の日時と場所の伝達。それらのこまごまとした事柄は、死というものを観念的に理解しがちだった彼の頭に、「典子が」、「現実に」、「死んだ」

という厳然たる事実を槍のように突き立てた。

典子の兄はさらに、彼女が病室のカーテンレールに点滴のチューブを結びつけて自殺したことを伝えたが、彼は、ただ、「はい、はい」と答えるだけだった。ふと時計を見ると午後十一時になろうとしていた。

受話器を置くと、彼はカウンターの中の丸イスにへたり込み、放心したように天井に近い壁を見上げた。

――いない！

そこにはいつもいるはずの蜘蛛のコジローがいなかった。壁や天井も見渡したが、やはりどこにもいなかった。典子が一緒に連れていったような気がした。

三木さんたちが作り出している大騒ぎも、はるか遠くからの雑音のようにしか宙丸には聞こえなくなっていた。彼のいる所だけが、時間の流れから完全に取り残されたかのようだった。

「マスター、どうしたの。何かあったの？」

蘭が心配顔でカウンターに寄ってきて、宙丸を上からのぞき込んだ。彼が洗い物どころかアイスすら入れようとしないのを見て、慌ててカウンターの中に入ってきた。彼女のそのすばやい動作を目にして、彼は自分が何の仕事もしていなかったことにようやく気づいた。

再びボックス席の方を見ると、三木さんが皆のアンコールの声に応えて、「ふいて、ふいて」をしつこく繰り返していた。野卑な笑い声が、飽きもせず何度も何度も上がっていた。

——何という懸隔《けんかく》だ。何という無関心だ。何という他人事だ。何という別世界だ。

宙丸は、典子の死と三木さんたちの騒ぎとの途方もない懸隔に暗澹とした気持ちになった。それは、人間が自分の狭い井戸の中のものにしか関心を持ち得ないという、この世界の不合理を、いや合理を、確信させるに十分すぎるほどの光景だった。それはまた、昨日まで元気に笑ったり、泣いたり、話をしていた彼女が、忽然とこの世から姿を消し、二度と自分の前にその姿を見せることはないという、冷厳な現実を彼の身体に刻みつけた。

彼の眼前に、昨日、病院のベッドで彼に応えた彼女の姿が、巨大なスクリーンに映ったモノクロ映像のように浮かび上がった。その姿が、あのクリスマスイブの深夜の街頭をさ迷い、声にならない声を上げ、手を伸ばして、彼に助けを求める姿に変わっていった。

突然、灼《や》け焦がすような思いが、宙丸の胸に湧き上がった。

——典子は、昨日、再び自殺を決行する覚悟をすでに決めていたのだ！　だからこそ昨日、自分にこれまでのことを話し、自分をベッドに誘ったのだ。その覚悟がなかったら、病室のベッドに誘うことなどとうていできることではない。あれは、典子の自分への最後の別れの言葉だったのだ。そうした死への予感を、自分はベッドの上でほんのかすかだが嗅ぎ取り、彼女に声をかけた。だが、何の役にも立たなかったのだ……

客や女の子が帰ってからも、誰もいない部屋で、宙丸はいつまでも丸イスに座ったままだった。暗黒の海の底にどこまでも沈んでいく気がしていた。

フラフラした足取りで、宙丸は部屋の奥に向かった。右側の壁に、青白い顔をした貧相な少女の絵があり、左側にはその何倍もの大きさの絵が掛かっていた。彼はその絵の前で立ち止まった。

北欧の冬の夜を描いたものだった。雪の散らつく街の屋根から、暖炉の煙突が突き出たおしゃれなアパートの前の光景だった。大勢の子どもたちが赤々と燃えさかる焚火を囲んで、楽しそうに飛び跳ねていた。まるで祭りを祝う妖精たちのようだった。子どもたちの周りには、その喜びをともに分かち合うかのように、はじけるように飛び回っている子犬やクラッシックな自動車が見えた。祭りを祝う花火やクラッカーのかわりに、子犬の喜び勇む声や、おどけたクラクションの音さえも聞こえてきそうだった。そこには彼の心情とはおよそかけ離れた天まで突き抜けていくような伸びやかな生命の躍動があった。いつも見慣れているはずのそのメルヘン調の絵を、彼は見つめ続けた。

——人はいつもこの絵のように生の躍動を語りたがる。おびただしい生と死の絶えざる反復がこの世界の常であるのに、人は死を否定的なものとし、見ることを嫌う。だが、それは死者への冒涜と言えないだろうか。死こそが表で、生は裏の世界かもしれないことを誰が否定し得よう。だが、それを見ようとしないのは、生きようとする欲望によって、そうしたがらないように人間ができているからだ。人間は積極的で肯定的な言葉を快く感ずるが、それはそう感じなければ、生き得ないようになっているからだ。

彼はその絵にさらに歩み寄った。

——典子は、自殺という自然的な死を否定する行為で、そうした絶対的なものの意志にあらがった。だが、彼女の意志は本当に絶対的なものの意志に反するものなのか。無と無限の性格を併せ持つゼロ存在という絶対的なものから発現し、絶えず生成と消滅を繰り返すこの宇宙は、生だけでなく、死によっても成立しているではないか。その中で人間は耐えがたい困難に突き当たった時、たとえ一瞬でも死を望まない者がいただろうか。絶対的なものは、他の生けるものとは異なり、人間にだけは死への願望という、より自覚的な欲望をもつ存在として自らを実現したのではないのか。真に絶対的なものは、自らをより自覚的なものへと無数に分岐し、展開する中で、部分的とはいえ、自然的な死よりもさらに自覚的な死を、今も絶えず生み出しているではないか。

ただ、彼女の死によって、この絵から発する躍動にも似た気持ちを自分は失ってしまった。典子の力によって明るい日差しのもとに引き出されつつあった自分は、またしても挫折を余儀なくされ、かつての無気力な世界に押し戻されつつある。今、自分を襲っている男女の交合の後の何倍もの、この気の抜けた状態がその証なのだ。

彼女は、自らの意志を実現し、逝ってしまった。自分もいつの日かその後を追うだろう。人間は誰しもそのようにして泥のように眠り込み、いつしか砂のように風化していく。そして、その上に何百年、何千年、いや何万年もの白骨化した時間だけがただ意味もなく累積していくのだ。

宙丸はさらにその絵に近寄り、それが送り出してくる波動を自分の身体に少しでも感じ取ろうとした。だが、それに応ずる身体の蠢きは、もはや彼の内部から生じてきそうもなかった。

部屋のドアを、誰かがノックする音がした。時刻は午前三時をすでに回っていた。彼は一階の店の看板の電気をまだ消してなかったことに気づいた。入口に向かい、ドアを開けると、影山さんが突っ立っていた。

「いつまでも店の看板が点いているので、どうしたのかと思って……」

彼は、少しばつの悪そうな顔で言った。先日の典子との出来事が、まだ彼の心にまとわりついているようだった。

「昨日の夕方、典子さんが亡くなりました」

宙丸は、彼に典子の死と、それが病院での自殺であったことを小さな声で伝えた。

ほんの一瞬、彼の頬がピクピクと痙攣を起こしたように震えた後、長い沈黙が続いた。部屋にも入らず、うなだれたままだったが、やがて気落ちしたような低い声で口を開いた。

「自分と典子がどういう関係だったか、おそらく君は知っているでしょう。今さら詫びてもどうしようもないことですが、彼女の死に責任を感じてはいます。彼女をそうさせたのは自分だとも思っています。彼女も自分と同じで埋めるものがなかったのです」

「埋めるもの？」

「ええ、彼女には子どもがありました。彼女はその子をこの自分の子だと主張していました。でも自分は、子どもや家族などという面倒なだけの、湿った、うっとうしいものには全く興味がないし、それに実のところ、本当に自分の子かもわからないのです。その子が亡くなった時、彼女は一時、半狂乱になったと知人から聞いたことがあります。頭の中にぽっかりと途方もなく大きな空洞が生じたのでしょう。それでも彼女は、長い間持ちこたえてきたものの、先日自分と会うことで破綻したようです。忌まわしい過去の記憶が一気に吹き出し、ただでさえ不安定だった彼女の精神を完全に狂わせたに違いありません。自分の異常な行動を見られ、もはや君との関係も終わったと彼女は思ったかもしれません。おそらく彼女はそれらを失ったままでいることに耐えられなかったのです。もはや埋めるものは何もなかったんだと思います」

影山さんは、依然として顔を上げようとしなかった。

「彼女だけでなく、自分も埋めるものをもっていないんです。でも自分は彼女とは違って志が低いのです。だから今、人に言えないような不法行為でも恥ずかしげもなく行い、こうして生き延びているんです。どんな仕事か、君には大体想像がつくはずですが……」

そう言うと、影山さんは踵《きびす》を返して帰るそぶりを見せた。それを目にした宙丸は、この機会に彼に聞いておかなくてはと思った。

「昔、赤坂という人があなたに理不尽なことを指示したと聞いていますが、あなたはそれを指示した彼に反発しなかったのですか？」

彼はしばらく黙ったままだった。自分の心のありかを探っているようでもあった。

「とくに反発したという思いはありません。無茶なことを命令するという思いはありましたが…… 彼に反発するというより、そんな彼の命令に従った自分が厭ではありました。バカなことをしたとは思っていましたが…… 彼が、死んだと耳にした時もさほどの感慨もありませんでした。自分は、自由を求めてあの闘争に参加しながら、その中で、ああした制裁を異常なものとそれほど強くは感じない人間になっていったようです。あそこでは暴力は日常茶飯事でしたから…… 自分は今でも、そうしたすさんだ現実を引きずっているようです……」

彼は顔を歪めてそう言うと、少しふてくされたように身をよじり、うつむいたままエレベーターに向かっていった。

宙丸は、典子の死を知ったせいか、彼が意外なほど自分の心中を語ったことに少し驚いていた。だが、彼もまた、あの闘争に参加した多くの人間と同じように、今も、かつての感覚から抜け出せないでいることに、唇を噛みたくなるような苦いものを感じていた。

彼は改めて部屋の中を見回した。そして、これまで懸命に店を支えてきてくれた蘭の姿やダンさんや安芸田さんたちの顔を思い浮べながら、この典子の死を機会に店を閉めることを考え始めた。

――あたかも急峻な山岳に挟まれた深い谷間のような世界での棲息。何千メートルもの闇の深海で生きるような生活。世間から離れ、生活が単なる棲息でしかないような生活。自分はそうした生活が可能かどうかを見きわめるためにも、この店を開いたのだった。だが、当然といえば当然だが、そうした生活はやはり不可能だった。

――穴蔵のようなこの部屋で、ただただ目の前の楽しみを求めるノーテンキな酔っ払い客を相手に阿呆のように過ごした日々。単なる魑魅魍魎の世界を作っただけとは思わないものの、典子の死に直面した今、もはやこれまでのように、客と笑い惚けていく心境にはとうていなれそうもない。もう十分だ。客たちには十分楽しんでもらえた。

重い二重扉を閉め、店の外へ出た彼は、のろのろと自分のマンションに向かって歩き出した。夕方から急に激しく降り出した雨は上がっていた。だが、夜はまだ明けておらず、暁闇《ぎょうあん》を照らす五十メートルほど前方の弱々しげな白い街灯の中に、セロリアホテルの入り口が見えた。

彼は、そこから出てきた二人の男女に目を見張った。酒井さんとミチだった。ミチは酒井さんの肩にしなだれかかり、それを支える酒井さんの足元は、酒のためか、それとも精を使い果したためかよろめいていた。

――間抜けなマスターの目をかいくぐり、彼は例の台詞を耳が痛くなるほど何百回もミチに繰り返し、ついに自分の最終目的を達したのだ。彼らもまた自らの空虚を埋めているのだ。建物の陰で彼らをやり過ごし、酒井さんの執念に驚嘆しつつ、そう彼は思った。

明け方、宙丸は浅い夢を見た。淡い霧のような夢だった。彼は紫煙にでもなったかのように、何千メートルもの上空へふわふわと上昇しながら、地上を見下ろしていた。はるか下方に、人々が蠢いているのが見えた。そんな高い所からそんなものが見えるはずがないのにと思ったものの、そうだった。何十年後、いや何百年後、何万年後の光景なのかもよくわからなかった。何百メートルもあると思われる高層ビルや、くねくねと曲がった奇妙な形の立体交差の隙間で、人間が動き回っているのが見て取れた。かつての人間とは違い、飽食と運動不足のためか、腹と頭が異常に大きく、口先も尖り、二本足で立っていなければ蟻と見間違うほどだった。酒を飲んで笑い転げ、歌い、大騒ぎをしている者。地面を一生懸命耕している者。マラソンで盛んに精力を消費している者。猛スピードで車を飛ばし、ストレスを発散させている者。そして神仏に祈りを捧げ、自分に恩恵を呼び込もうとしている者。

相変わらずの姿だった。彼は、彼らの中の一組の男女に目を止めた。恋人同士なのか、男の方は相手の腕を針金のように細い両腕で堅く抱え込み、片時も離れたくない様子だった。

――絶対的なものの狡知なのかもしれない。

本来は自己増殖の欲求でしかないものを、相手とより精神的に共感する感情に昇華させていく、絶対的なものの潜在的な意志を、彼はそこに見たように思った。

宙丸は、その二人が自分と典子であることに気づいた。突然、典子はそれまで堅く抱え込んでいた彼の腕を振り払い、すうっと上空に昇っていったかと思うと、そのまま姿を消した。

その瞬間、彼は布団を蹴って跳ね起きた。今の夢を、典子の自殺の光景と重ね合わせたからだった。彼は、その夢を振り払おうとするように、雨上がりの道を河の土手に向かって駆け出した。

典子が彼の耳に囁《ささや》いていた。

「きっとあなたは今の精神状態から抜け出すことができる。いえ、あなたはもっともっと変わっていくはずよ……」

「そんなことは不可能だ!」

彼は典子のその言葉が、この現実と向き合えと言っているように思えたのだった。駆けながら、彼は自分を激しく責め立てていた。

――自分は人間の生活をあまりにも虚しい、カビのような生活に思えてしまうのだ。そのような現実に、どう向き合えというのか。典子や安芸田さんや影山さんたちと同じように、自分もまた埋めるものがないのだ。情熱を傾けるものがないのだ。だが、自分に埋めるものがない理由は、彼らとは少し違うのだ。

——自分は、この世界を絶対的に不可解なものに支配されていると考えるために、それに情熱を傾けることができないのだ。情熱を傾ければ傾けるほど、その不可解なものに支配され、自由を失い、その術中にはまってしまう気がしてしまうのだ。自らの生を懸命に生きながら、気づかないままに絶対的なものに支配されている、あの真夏の日のアブラ蟬やコジローたちと同じように、埋めること自体も支配されることだと考え、それにあらがいたい思いに襲われてしまうのだ。

——典子とのあの時ですらもそうだった。夕日を浴び、波を打つように揺れる点滴の黄色いチューブを見ながら、自らの深奥から潮のように突き上げてくる快楽を抑えようと、自分は必死の思いでその支配にあらがっていたではないか。そして典子の死に際しても自分は……だが、そうしたあらがいは、真に絶対的なものの意志に反するといえるのか？　真に絶対的なものはそれを否定しないのではないのか？

息せき切って駆けてきた宙丸の目の前に、突然、視界が開けた。眼前に、昨夜の雨を集め、波立ち、勢いを増している大きな河が現われた。

朝ぼらけの光の中で、上へ上へと河面から霞が立ち昇っていた。

それを目にした宙丸に、かつて典子と再会した日、店で紫煙を見つめていた時の光景が幻のように甦った。

それは紫煙が、宙吊りになった裸のマネキン人形の形に凝縮し、あたかも別の世界に旅立とうとするかのように、その身を振り絞り、左右に身を震わせながら天井に昇っていく光景だった。

――今にして思えば、あれは典子の事件と彼女の死を暗示したものだったのかもしれない！

その時だった。

立ち昇る霞を見つめていた宙丸は、自分の目に、うっすらと何かが浮かんだように思った。それは息がつまっていく彼女の傍らにたたずんでいる彼自身の姿だった。

彼女を殺したのは自分だ、という激しい悔恨が彼を襲った。

# 第七章

宙丸の胸には、典子の死への悔恨が一段と強く渦巻いていた。

その日、彼は、典子の故郷である日本海沿いの小さな町に電車で向かっていた。彼女の死から四日後の十二月の上旬、彼女の葬儀に出席するためだった。

当時の信越線の特急で長野を過ぎ、かつて典子とボートに乗った野尻湖への最寄り駅の黒姫と、夜桜と日本のスキー発祥の地で知られた高田を過ぎて直江津に着いた。彼はそこで各駅停車に乗り換え、そこから電車は西に向かって進んだ。

しばらくすると、空は完全にどす黒い雲に覆われ、その雲の下に、冬の日本海が見えた。海は荒れ、黒ずみ、ささくれ立っていた。巨大な怪獣の舌のような大波が、空を大きく巻くように舞い上がったかと思うと、急角度で海面に落下し、飽くことなく白い腹を晒していた。彼は、駅員が一人しかいない小さな駅に降り立った。

典子の故郷のその町は、片方がすぐ海となり、もう片方が険しい断崖となって、人の住む場所は猫の額しかないような町だった。わずかに雪のかぶった小さな屋根の家々が、肩を寄せ合うように密集していた。

典子の家もそんな家の一つだった。建材業を営んでいる彼女の兄の玄関先に、「萩野建材店」というかすんだ文字の看板が掛かっていた。

玄関に入ると、典子の兄が前と同じように深々と腰を折って迎えてくれた。だが、やはり妹を亡くしたためか、急に老け込んだ印象を与えた。宙丸は東京から持参した香典と菓子折りを仏壇に捧げ、典子の写真の前で両手を合わせた。葬儀は彼女の死因が自殺ということもあって、ごく内々の者だけで執り行われた。それは死者を弔う場というよりも、生き残った者たちが自らの感傷を吐露し、死者はもう二度と帰ってくることはないのだと言い聞かせる場でしかないように彼には思われた。

「本当によくきてくださいました」

火葬が終わり、後は遺骨を墓に納めるだけになった時だった。典子の兄は、遺骨になった典子を見て悄然となっていた宙丸を別室に招き入れ、額を畳に擦りつけて改めて礼を言った。彼と並んで座った兄嫁の丸い顔も、彼に劣らず深い皺に刻まれていたが、絶えずしばたたかせる目は善良そのものだった。

「あるいは亡くなった典子から聞かれたかもしれませんが……」

とつとつとした、遠い昔話でも語るような口調で、典子の兄は話し始めた。それは日頃から店の喧騒にまみれていた彼を、別の世界に吸い込ませるような気持ちにさせた。

「実は、私と典子は血のつながった兄妹ではないのです。あの子は私が十二歳の時、私の家の養女になったのです。生まれた家は、この先にある難所で知られた親不知《おやしらず》の近くで、名家といっていい家でした。そして生まれてすぐに私の家の養女になったのです。典子の母が嫁ぐ前にすでにみごもっていた子のようでした」

「……」

「それでも典子は、私の家でそれはそれはかわいがられました。生まれてすぐにこの家に来たことで実の子同様に育てられたのです。あの通り、聡明で快活な子でした。私の父母は、不幸にも、典子が小学校に上がる前に相次いで亡くなりましたが、私もそんな家の子が自分の妹であることがたまらなくうれしく、負けず劣らずかわいがりました。血のつながらない妹でしたが、私にはまるでお姫様にでも仕えるような思いがあったのです。小さい時、いじめられて泣かされて帰ってくれば、私はいつも親代わり、いえ、お姫様に仕える家臣のようなつもりで、相手の家に怒鳴り込みに行きました。彼女も私を本当の兄のように慕ってくれました」

妹を思う気持ちが、痛いほど宙丸に伝わってきた。

「ごらんのように、今もなお、決して豊かな暮らしとはいえませんが、典子が東京の大学に行く時は、私は嫁に行かせるような気持ちで、二部屋つきの、電話も風呂もついているアパートを借りてやりました」

宙丸に、二十年以上も前に彼女と暮らした部屋の情景がふっと甦った。あのアパートは確かに当時としてはひどく贅沢なものだったと思った。

「前にも病院でお話しましたが、典子が東京で学生運動に走り、あの東大紛争にも参加しているると知った時、私の頭の中は真っ白になりました。あなたもお知りになられたかもしれませんが、実は妹はその中で、暴力と強姦による制裁を受け、新宿の街頭をすっ裸にされて歩かされたのです。それを知った時は、本当に私は卒倒する思いでした。すぐに、私は車を飛ばし東京に駆けつけました。入院した典子の世話をしながら、二週間ほど典子のアパートに泊り込みました。典子はまるで狂ったように神経を高ぶらせていました。それでもそのうち、事件の痛手から何とか立ち直ったようにも見えました」

「……」

「典子は私の夢であり、希望でした。こんなさびれた町に暮らしている私にとって、横浜という大都会で高校の英語教師をしている姿を想像するだけでも、胸が高鳴る思いだったのです」

宙丸はただ黙って聞いているだけだった。

「けれども、あの事件の後遺症は典子の中に確実に残り、とくに子どもが亡くなってからは年々重くなっていったようでした。私も十分注意はしていたのですが、それが足りませんでした。とくに典子が病院で自殺を図ったあの日、病院に行くのが遅くなったのを私は今でも悔んでいます。でも、結局は、化物のような人間が荒れ狂った、あの東大紛争が典子の命を奪ったんだと思っています。本当に残念で残念でなりません」

典子の兄はそこで口をつぐんだ。両目が赤く充血していた。

「ほんとに、この人の典子さんにかける思いは、並みのものではありませんでした。自分の子ども以上の目のかけ方だったんです。いつも典子、典子って、そればっかりでした。それだけに典子さんが亡くなった後は、すっかり気落ちしてしまって……」

兄嫁は皺だらけの黒い手でしきりに目蓋をこすった。

典子の兄の妹への愛情が自分の予想をはるかに超えたものであったことに、宙丸は衝撃を受けていた。

三人の間に、いくばくかの沈黙の時間が流れた。

しばらくして、墓に遺骨を納める時間がやってきた。宙丸は長靴を借りて、玄関でそれに履き替えた。

墓は、その町を見下ろす高台にあった。

くねくねと折れ曲がった雪道を、幾分、腰の曲がった典子の兄夫婦に先導され、その親族五人と坊さんとともに、彼は一歩二歩と雪を踏み締めて登った。空からは粉のような雪が舞い降りていたが、強い海の風がそれを盛んに吹き飛ばしていた。十分ほどで墓のある高台に辿り着いた。

典子の家の墓は、共同墓地のはずれにあった。彼女の兄は、墓石の上に厚くかぶさっていた雪を右手で静かに払い除け、墓石を動かして遺骨を納めた。

蝋燭と線香と花を立て、蝋燭に火を点けた。だが、海からの強い風のせいで火はすぐに掻き消された。何度か繰り返したが同じことだった。

「とても無理だ」

典子の兄と親族は、そう口をそろえ、蝋燭を燈《とも》すことをあきらめ、線香だけを焚いた。その後、皆で長い祈りを捧げた。

「よかった。よかった。典子も佐伯さんにお祈りしていただき、きっと喜んでいると思います。本当にありがとうございました」

典子の兄は、目にうっすらと涙を滲ませ、彼に深々と頭を下げた。それを機に、典子の兄嫁と親族、それに坊さんは連れ立って高台を下っていった。

宙丸はあたりを見渡した。雪が白く張りついた木々は、吹きすさぶ冬の海の風に身を凍らせていた。茫々としたその光景に彼は、この身を刺すような厳しい風土への適応が、彼女から余分なものを取り去り、彼女の心を純化し、透明にし、死をも決断させたのではないかとの思いに駆られた。

宙丸は海を見ようと、その方角に向かって、一人、歩を進めた。足が雪に埋まったが、彼はかまわず進んだ。さらに進み、高台のはずれまで来ると、彼はそこで立ち止まった。

そこから彼は、前方はるかに広がり、激しく荒れ狂う冬の日本海を見つめた。

眼下に押し寄せる大波に、彼はいつしか二十年以上も前のあの怒濤のような情景を重ね合わせていた。無数の陰惨極まりない暴力と破壊の限りを尽くした者たちへの怒りが、彼の脳裏から消え去ったわけではなかった。だが、それすらも今の彼には、不思議な感慨となって迫ってきた。

——典子と暮らしたあの時代は、国家や権力というものを観念の中で異常なほど膨らませ、ただ自分たちを押し潰すものとしか見なかった時代だった。そして、それにたまらない怒りと憎悪を感じて、跳ね返そうと試みた時代だった。自分を変え、社会を変え、理想の社会を実現しようと多くの若者が目を血走らせ、肩を怒らせていつもあたふたと走り回っていた。若者同士が凄惨なゲバルトとデモに明け暮れ、血を流して憎しみ合った。自由とは決して固定化し得ないはずなのに、自由を求めながら自らの観念を絶対化し、そのために多くの悲劇が生み出された。それは巨大な幻想に呪縛された夢想と洗脳の時代であり、途方もない自己肥大化の時代でもあった。

現在の若者から見れば、それはおそらく集団の狂気と観念の幻覚に囚われた、野蛮で暗い冬の時代であり、彼らは、自分たちがそうした時代を思い起こそうとすることさえいぶかるに違いない。けれども、その冬の時代が今の彼らの時代につながり、今もこの国と世界で同じような観念が呪縛力をもち、とてつもない混乱と悲劇が繰り返されて、自分や典子たちを新たな意識へと駆り立ててきたのだとすれば、どうしてそれを忘れ去って良いことがあろうか。どうして振り返っていけないことがあろうか。

人は、この鉛色をした冬の日本海と、それにくっつかんばかりに低く垂れ込めている陰鬱なこの黒い雲の光景を見るためだけでも、旅に出ようとするではないか。そこに、自らの孤独と言い知れぬ虚無を見ようとするではないか。

絶叫と怒号。憎悪と暴力。破壊と狂乱。武装と衝突……

波と海からの風の音に入り混じって、当時の喧騒と、今も沸き上がる政治的、宗教的熱狂の雄叫びが聞こえてくるようだった。

その時、ふと、後ろの方で、宙丸は人がかすかに声を震わせているのに気づいた。振り返ると、典子の兄が雪の上に石のように固く正座し、墓石の前で身じろぎもせず、一心不乱に経を唱えているのが目に入った。彼は、典子の兄の妹への愛情が自分の予想をはるかに超えたすさまじいものであったことに呆然となった。

その愛情は、典子が彼の実の妹でないことでかえって深まり、増幅されたのかもしれない。典子の兄にとって彼女は、決して下に置くことのできない、まるで姫のような存在であったと彼は言っていた。その彼女と兄妹であるというだけで、彼は妖しいまでの歓喜と身が震えるような庇護者的な悦楽を得ていたのではなかったか？　そのために、彼女に降りかかったあの災禍は、聖なるものを汚し、踏みにじる鬼畜の仕業と思えたに違いない。彼は、あの東大闘争をそうした所業の集積と見なしたのだ、そう宙丸は思った。

海からの風がさらに強まり、あたりの雪を盛んに吹き飛ばしていた。頭上の黒い雲は低く垂れ込め、周囲の光を奪いつつあった。

彼はもう一度後ろを振り返った。典子の兄が雪に足を埋もれさせながら、彼に向かってゆっくりと歩いてくるのが見えた。

宙丸が再び身体を前を向けた時だった。彼の後ろから大声で尋ねる声が追いついた。

「佐伯さん、今になってこんなことをお尋ねするのもなんですが、あなたは典子が自殺した日、あの病院に行かれませんでしたか？」

その一言は、宙丸の身体を一気に凍りつかせた。彼は立ち尽くしたまま、本能的に首を横に振っていた。

その言葉は、あるいは、病院の看護婦から、宙丸に似た人間が病室から出て来たと耳にしたことから発せられたのかもしれなかった。そして、典子の兄はただ単にその時の典子の様子を少しでも知りたいだけなのかもしれなかった。

だが、宙丸にはそうは思えなかったのだ。そう思えなかったのは、典子の故郷に来て、彼女の墓に詣でたことで、彼の心に彼女の死への悔恨が極度に強まっていたせいかもしれなかった。また、彼女の兄の、妹への異常な思い入れに圧倒されていたせいかもしれなかった。そのために宙丸は、まるで錐のように鋭く、自分がこう詰問されているように感じたのだった。

「典子が自殺した日のあなたの行動はどうだったのですか？　あなたは、病院で典子の自殺の手助けをしなかったですか？　なぜあなたは正直に話してくれないのですか？　こんなに妹のことを思っている私に、なぜ本当のことを話してくれないのですか？」

足元に積もった雪とは比較にならないほどの重いものが、次第に深く彼の心を埋めていた。寒さは凝りついたように離れず、足元に痛みさえ伝えていた。

突然、これまでにないくずおれるような弛緩が、宙丸を襲った。くわえていたタバコが雪の上に落ち、それを食むように風に煽られ、コロコロと転がっていった。

「彼から妹を奪ってしまったのは自分だ！」

次の瞬間、宙丸はまるで教会の牧師の前で懺悔する信徒のように膝を折り、呻いていた。

これまで積み重なってきた典子の死への悔恨と、彼女の兄たちの例えようもない苦悩への思いが、一気に噴き出したのだった。

——確かに、あの時、自分は彼女の自殺の手助けをしたのだ……あの時……自分が典子の病室のドアをノックしたあの時……中からは何の応答もなかった。彼女はおそらく眠っているのだろうと思い、ドアを開けて静かに病室に入った。するとそこに立ちはだかっていたのは、窓に向かった巨大な黒い鳥だった。その鳥は、今まさに没しようとする夕日を浴び、その縁《ふち》はまるで発光したように黄金色に光り輝いていた。だが、その巨大な鳥は、空を飛んでいる姿ではなかった。長く、つらい飛行を終え、虚しく夕日を仰ぎ、疲れ切って羽を休めているようだった。羽はだらりと垂れ下がり、ぴくりとも動かなかった。自分の目は、照明が消されたその部屋の薄暗さにすぐになじんだ。そしてその時、自分は、その巨大な鳥が、カーテンレールにぶら下がった人間であることに、しかもそれが他ならぬ典子であることに気づいたのだった。

「うわー、わっわっわっわっ」

まるで、破鐘《われがね》のような喚き声が、自分の喉から飛び出した。すぐに彼女のもとに駆け寄り、右腕で典子の身体をかかえ、彼女の首に巻かれていた点滴のチューブに目をやった。だが、チューブは彼女の首にすでに固く食い込んでいた。自分は左手でチューブをほどこうとそれに手を伸ばした。

その時だった。

典子が薄く目を開け、自分を見つめ、呻くように口を開けたのだった。

「お願い、このままにさせて。自由に。本当に。そうすれば、あなたも自由になれる……」

その目は、虚ろに自分を見つめていた。彼女は今まさに生と死の境界を漂っているように思われた。

さらに、彼女は最後の力を振りしぼるかのように苦痛で顔を歪めながら、なおも続けた。

「お願い。自由にさせて。自由に。そうすれば、あなたも…… 行って、行って」

かすかに口元を震わせ、左手を弱々しく振って自分を追い払う仕草をしたのだった。それは本当に聞こえるか聞こえないほどの虫の息のような声だった。

だが、それは、彼女の絶対的な意志のように自分には思われた。そして絞るように懇願するその声は、彼女を助けようとする自分の意欲を一気に弱めた。自分の身体は、その言葉で金縛りになった。

まさにその時、自分は、身が真っ二つに引き裂かれ、まるで地獄の業火に包まれたように感じたのだった。彼女を助けるべきか。それとも彼女の最後の望みをかなえるべきか。自分はうろたえ、荒々しく息をあえがせながら、視線を点滴のチューブと彼女の足元に行き来させるばかりだった。

そして、その時だった。

これまでずっと自分の内奥に伏在し、時には波のうねりのように顕在化する、自然的な死の絶対化にあらがい、自由を求める感情が、まるで怒濤のように自分の胸にせり上がってきたのだった。

——彼女は死を強く望んでいるのだ。昨日や今日の思いつきではない覚悟の自殺なのだ。生命こそが絶対だとする考えのもとに、それをやめさせることは、本当に妥当なことなのか。人間には自分の死を選び取る自由は本当に与えられていないのか。

人間は、他の生けるものと同じように絶対的なものに支配される自然存在として、生きる衝動に突き動かされている。だが、とりわけ覚悟の自殺は、そうした単なる自然的なものに竿さそうとする、人間だけに与えられた自覚的な行為ではないのか。人間は他の生けるものとは違い、自分自身を対象として向き合う自由な存在であり、自然的な死を否定し、自覚的な死を願望する行為もそこから生まれてきたはずなのだ。そしてその願望をそもそも生み出したのは、生だけでなく、死をも不断に生成しているゼロ存在としての絶対的な存在なのだ。そうした死への自覚的な意志をもつ存在もまた、絶対的なものの分肢なのであり、人間全体からすれば少数にとどまるとはいえ、依然として、絶対的なものが生み出した自然存在であることに変わりはないはずなのだ。であれば、そうした死への決断は、自然との根本的な軋轢を生み出したり、絶対的なものとの対立に陥ったりはしないのではないか。そして、そうだとすれば、絶対的なものは自覚的な死を否定しないのではないか。むしろそれを否定することは、絶対的なものが自らをより単純な自然存在に押しとどめ、自らの絶対性を放棄することにもなるからだ。

——真に絶対的なものは、そうした自覚的な死を決して否定しないのではないのか！

そして自分はようやく決断したのだった。

それは、そうした自分の観念と彼女の強固な自由への意志への共感と、人間の尊厳という観念に由来するものだった。

——彼女は十五年以上もこの行為に向かってきたのだ。女々しい自分にはとうてい実行し得ないことを、自分の自由と尊厳をかけて決行しているのだ。今後さらに進む精神的な錯乱状況の中で、彼女が狂人のように生き永らえたなら、彼女の自由と尊厳は一体どうなってしまうのか。彼女にとって、それらは、今後彼女が生き永らえるよりもはるかに大切なものなのだ。人間の死は、自然的なものに単純に支配されたものであってはならないこともあるはずだ。最後まで自分の意志を実現し、自由を得ようとする彼女の切なる願いをかなえてやるべきではないのか。死して自らの尊厳を守ろうとする彼女に最後の自由をつかみ取らせてやるべきではないのか。それを実現することは、彼女にとってはまさに絶対的な願いなのだ。その願いは、自覚的な死を否定しない真に絶対的なものの意志に反しないはずなのだ。

そう思った途端、点滴のチューブに伸びていた自分の左腕は、おずおずとそれから遠ざかり、右腕は典子の身体から離れていた。

いや、そうではない。自分はもっと正直であらねばならないだろう。その時、自分は確かに見たのだ。典子が息がつまっていくことによる苦しさからか、本能的に手足をバタつかせ始めたのを…… それはまるで海で溺れ、何とか助かろうと懸命にもがく動きを思わせた。自分はそれを正視する耐えがたさと、彼女の死を少しでも美しいものにしなければとの思いから、次の瞬間、肩で大きく息をつきながら、自分の両腕で彼女の身体をしっかりと抱きかかえていたのだった。そして、彼女の動きが完全に静止すると、自分は、後から後からあふれ出てくる涙も拭わず、あとずさりしながら、そのままそっと病室を後にしたのだった……

黒い雲がさらに低く垂れこめ、視界が一層効かなくなっていた。

その中で、宙丸はなおも自らを問いつめていた。

——死ぬことで、鳥のように自らの自由と尊厳を得ようとする典子の意志をかなえるために、彼女の絶対的とも思えるその意志を実現するために、自分は典子の自殺を手助けしたのだ。それは間違いなく自殺の手助けだった。それによって自分は、あんなにも妹を思っていた彼女の兄や家族や親しき人々から彼女を永遠に奪い取ってしまったのだ。

コミュニズムを捨てた後も、自分は自由を求め、絶対的なものへの新たな思いに普通の人間の何倍も囚われることで、現実への感覚を希薄にし、自らを崩壊に近づけていった。戦後の自由の意識の中で、あたかも蜘蛛の巣に捕われ、羽をばたつかせている蜻蛉《とんぼ》のようにそうした観念の網に呪縛されていった。その結果としての、典子の自殺の手助けだった……

そう思った時、彼の頭の隅に、典子の最後の言葉が雷光のように甦った。


「お願い、このままにさせて。自由に。本当に。そうすれば、あなたも自由になれる……」

「お願い、自由にさせて。自由に。そうすれば、あなたも……行って、行って」


その瞬間、その言葉の意味が電流となって、彼の全身を貫いた。

あの時、典子は、この自分に自覚的な死を容認させることが、これまでの絶対的なものからの呪縛から抜け出させ、自由にさせると言いたかったのか。最後までこの自分の行く末を気づかっていたのか！　だが、あの時自分は自由の意識に囚われ、かつては多少とも抱いていた彼女の兄たちの苦悩について全く思い至らなかったのだ。

無限の暗闇に堕ちるような虚無が、彼を襲った。ひときわ大きい波の轟きが、それをさらに増幅した。

「佐伯さん、どうされたんですか、一体どうされたんですか？」

海風に吹き曝され、雪の上に身体を突っ伏している宙丸の異常さに気づいたのだろう。後ろから、典子の兄の慌てふためいた声が追いかけてきた。だが、彼には、その声が自分をさらに鞭打ち、責め立てているようにしか聞こえなかった。

巨大な波が眼下で砕け、地響きとなって、彼の足元を揺すった。

波の音に混じって、典子が彼の耳元で囁いていた。

「そうよ。あれで良かったのよ。きっとあなたはあれで、今の精神状態から抜け出すことができる。いいえ、あなたはもっともっと変わっていくはずよ……　今まで本当に、本当にありがとう……　ありがとう……」

「典子！」

宙丸は、涙でかすんだ目を右の拳で荒々しく拭った。

「僕が変わっていくはずだというその言葉で、君は絶対的なものの呪縛から僕が脱することができると言いたかったのか！　典子！」

東京のスナックでのこれまでの怠惰な生活、典子と話した絶対的なものに関わる観念の全てが一気に彼に甦った。典子に自由と尊厳をもたらそうとしたことへの悔恨と、彼女を兄や家族たちから奪ってしまったことの途方もない重さが、改めて彼にのしかかってきた。

——戦後の自由の意識の中で、魔神的なユートピアの海を漂い、そこから脱出したものの、現実感を失い、自己を喪失して、自分は、ついに、決して誰にも打ち明けることのできない、罪の孤島に流れ着いてしまったのか。彼女を彼女の兄たちから奪い、おそらく彼らの心に終生取り除くことのできない重い澱《おり》を与えてしまった。それだけでなく自分は、たった一人の自分の理解者を失ってしまった。自分の孤独を支えてくれた唯一の友を、自分の内部から突き上げてきた観念によって永遠に失ってしまった。人間の自由と尊厳という観念によって！　自覚的な死を否定しない真に絶対的なものという観念によって！

自分の顔面が虚ろに歪み、醜化していくのを感じながら、彼はなおも叫んでいた。

「自分は救いようのない人間なのか。絶対的なものを求めながら、何をしてもそれに支配されてしまうと考え、それにあらがおうとしてしまうのだ。しかも、そのあらがいをも、自覚的な死を否定しない絶対的なものという観念を作り出すことによって、正当化してしまったのだ。いや、自覚的な死だけではない。今や自分は、無と無限を合わせ持つ真に絶対的なゼロ存在は、何ものをも否定しないのではないかとさえ感じつつあるのだ。だが、それをもって、自由を絶対化するような、そうした不遜な人間が、典子を救えないばかりか、この支配と被支配に満ち満ちた人間族の中で、まともに生きていくことなどできるはずがないではないか！」

髪を振り乱し、身体を前にかがめて、糸を引くような呻き声を発する宙丸の姿は、もはや黒い牛などではなかった。それは、絶対的なものに呪縛されながらも、ついにはそれに従わなかったことで罰せられ、なおも真に絶対的なものを求めてもがく、奇怪な獣のようにも見えたはずだった。

# 終章

佐伯宙丸の手記は、そこで終わっていた。

彼は、絶対的なものを追い求める中で、悲劇的な結末に至った一連の出来事を、病気のためについに手記として完成させることはできなかった。いや病気のためばかりではなかっただろう。おそらく彼は、自らの体験を客観視できなかったに違いない。それらの体験は、彼がハルビンに渡ってからも風化することなく、いつまでも生々しく彼に迫り続け、彼の手記の完成を妨げたはずだった。

彼の手記をこの物語にし終え、その後の彼の思想と病状を気にかけていた頃だった。再び私のもとにハルビンから航空便が届いた。孔蘭という名が記されていた。

そこには、かなり慣れた日本語で、彼女がかつて日本で佐伯宙丸のもとで働き、その後、中国で長い間彼と暮らしてきたものの、彼はついに先日亡くなったことが告げられていた。そして彼が病床から、日記の一部を私に送るよう彼女に託したことも述べてあった。

私の肩が震えていた。ある程度彼の死を予期していたものの、やはり私には大きな衝撃だった。

気持ちが少し落ち着いた時、ふと、私は、この孔蘭という女性は、あるいは、この物語に登場した蘭ではないかと思い、その手紙の先に視線を走らせた。

そこには、肺を冒され、病床で、時には息をあえがせながら、彼がこれまでずっと絶対的なものを求めてきたこと、そのために、かつて日本でかけがえのない友を失ってしまったこと、その後もそのことで長い間もがき苦しんできた事実を彼女に初めて告白してくれたことが述べられていた。そして彼は、彼女に拾われるようにして、この異国に渡ってきたのもそれを忘れたいためでもあったと、彼女への感謝の言葉とともに、涙を流しながら打ち明けてくれたと綴ってあった。

私は、彼が異国に渡った理由を初めて知り、その長きにわたる彼の苦悩に同情の思いを抑えることができなかった。

その手紙の最後の部分に私は目をやった。

そこには死の間際まで絶対的なものを追い求め続けた、壮絶とも思える彼の姿だあった。

「宙丸さんは、病床で、ミイラのように皺だらけになり、痩せ衰えながらも、最後までそうした絶対的なものについて、うわごとのようにつぶやいていました。それでも、不思議なことに、かつてはそれを考えることが身を引き裂かれるほどの苦痛であったのが、ここ何年かは楽しささえ感じるように変わってきていたようでした。それだけでなく、それを支えるものとして、彼の心の奥底には、たった一つでよいから過去のつたない体験から生まれた、指の先ほどにも満たないような小さな思いをこの世に伝えたい気持ちがあったのです。そして、そのために彼は、二年ほど前に未完成な手記と日記の一部を日本に送り、百に一つもあるかもわからない可能性を支えに、そこにある願いを込めたのです」

私は、あくまで絶対的なものを求め続けた彼の執念に改めて驚嘆した。自らの内部の巨大な空虚を埋めようと、最後までそれを求め続けた彼は、普通の目から見れば、単なる奇人、変人の部類にしか見えないかもしれない。だが、私にはまるで一途な求道者のようにも思えていたのだった。そしてこの文面からすると、典子の悲惨な死という圧倒的な現実の前に、彼の絶対的なものへの志向は次第に相対化され、その呪縛から彼は除々に解き放たれていったのではないかと想像した。

だが、次の瞬間、今度は私の指先がかすかに震えていた。私は何度もその「ある願い」という文字を見つめた。彼は自分の思いを抱え込んだまま、それを私以外の誰にも伝えない意図ではなかったことを知ったからだった。

さほど親しくなかったにもかかわらず、ルポライターだった私にその手記と日記を送ったこと、いやそれよりずっと前に、私が書いたものを読もうとし、批評したこと、それは彼がついになし得なかったその手記を私に引き継がせ、完成させ、私以外の者に伝えることを願ったものではなかったか。そこにいざなう行為ではなかったか。そして私もまた知らず知らずのうちに、その手記から発する奇怪な情念に絡め取られ、あたかも自分自身が呪縛されたかのように、それに応じてしまったのではなかったか。

私は暗澹たる思いに浸されながら、彼が現実感を喪失しつつも、それでもなお、人間と人間社会に関わろうとし、それらにかすかな希望すら抱いていたことを知って、いつしか救われた気がしていたのだった。

渋谷のビルの一室から、再び私は窓の外を見つめた。

ようやく暑い一日が終わろうとしている。

太陽はくぐもった被膜から解き放たれ、人の血を騒ぎ立たせるような朱の色をビルの壁に照り返し、その陰に没しようとしている。

そのビルの狭間でおびただしい人々が身体を擦り合わせるように蠢いている。宙丸ほどでなくても、彼らの中には自らの内に言い知れぬ空虚を抱え、何らかの絶対的なものを追い求めている者も多いに違いない。彼が言っていたように、人間というものがもともと欠けた存在であることがその根底にあるからだろう。そして、それだけでなく、とりわけこの戦後にあっては、直接的な労働や伝統に加え、家族や故郷や国家などの現実的な紐帯を失い、空を飛ぶ鳥のように自由になろうとすることで、かえって孤立化し、空洞化し、現実感を失ってしまう事態があるからだろう。あの安芸田さんや影山さんたちもそうだったに違いない。

自由になろうとするその自由が、現実感を喪失した抽象的な自由となり、自らの喪失となってしまう事態は、疑いもなく、この国の戦後をずっと覆ってきた。そして、それは多くの混乱と悲劇と空虚だけでなく、暴力的破壊をもたらしもした。そのことを指摘し続けた彼もまた、そうした相反する陥穽に自らも陥っていることに気づいていた。まさに、彼こそが、そうした自由の陥穽に陥り、悲劇的な結末を体験した、典型的な人間だったろう。

だが、そうだったとしても、絶対的なものと自覚的な死についての彼の考えと、あの典子の悲痛な願いから導き出された最後の決断のほかに、果たしてどのような道を取り得たというのだろうか。いや、少なくともあのような悲劇を避け得る道が全くなかったとはいい切れないかもしれない。

そう私は自問しつつ、それに苦悩し続けたはずの彼に思いを寄せていた。

（了）

この小説は、全くのフィクションであり、現実の団体、個人とは関係ありません。

# あとがき

自由であろうとするその自由が、とくに戦後にあっては現実感を失った抽象的な自由となり、さまざまな混乱と悲劇と自己喪失をもたらしてしまう。これがこの小説の最大のテーマであるが、そのことは、現在の地方の衰退や少子化の進行などを一瞥しただけでも明らかなことだと思われる。

けれども、そうした抽象的なテーマを学生運動の場を舞台に直接小説化しようとした時、私は、とてつもない困難を抱え込んだことに気がついた。そのため、完成に至るまでに、私の当初の予想をはるかに超える年月を費やしてしまった。

対象が抽象的であり、広大で、つかみどころがなく、まさに私自身があてどもなくさまよう「夢想人」にならざるを得なかったのである。

ようやく出来上がった本書だが、そのテーマに応え得ているかどうか、読者のご判断に委ねたい。

戦後の自由のあり方の問題は、今の私たち自身の自己理解につながる今日の問題でもある。本書の発刊を機に、さらに問い続けたい。

執筆にあたり、佐伯啓思氏（京都大学名誉教授）の「文明的野蛮の時代」などの著書、茂木和行氏（毎日新聞記者、その後聖徳大学教授）の「ゼロの記号論」などの著書、潮匡人氏（拓殖大学客員教授）の論文などから多くのものを学ばせていただいた。また、ミヤオビパブリッシングの内舘朋生氏からは、誠意に満ちた緻密なご指導をいただいた。

ここに合わせて、深く感謝の意を表したい。

平成二十八年十月

越村　光

**越村 光**（こしむらひかる）

1947年新潟県上越市生まれ
早稲田大学大学院文学研究科修士課程修了
開業医師の団体である全国保険医団体連合会調査部を経て「さわやか福祉推進センター」（現さわやか福祉財団）を共同設立。同センター局長、自営業などを経て現在広告代理店に勤務。論文に「1200万人福祉ボランティア確保への挑戦」「抜本是正急がれる高齢者の保険外負担」など

日本音楽著作権協会（出）許諾第1609182-601号

# 夢《む》想《そう》人《じん》

2016年10月7日 第1刷発行

著　者　越村　光
発行者　宮下玄覇
発行所　MPミヤオビパブリッシング
〒102-0085
東京都千代田区六番町9-2
電話(03)3265-5999㈹
発売元　株式会社宮帯出版社
〒602-8488
京都市上京区寺之内通下ル真倉町739-1
営業(075)441-7747　編集(075)441-7722
http://www.miyaobi.com/publishing/
振替口座 00960-7-279886
印刷所　モリモト印刷株式会社

定価はカバーに表示してあります。落丁·乱丁本はお取替えいたします。
 ISBN978-4-8016-0078-2 C0093